레미제라블 1

일러두기

• 이 책은 Victor Hugo, 『*Les misérables: Tome I Fantine, Tome II Cosette, Tome III Marius, Tome IV L'idylle rue Plumet et l'épopée rue Saint-Denis, Les misérables Tome V Jean Valjean*』(Project Gutenberg, 2006)을 참고했습니다.

진형준 교수의 세계문학컬렉션 27

레 미제라블 1

Les Miserables 1

빅토르 위고 지음

살림

빅토르 위고

프랑스 사진작가 · 만화가 · 저널리스트 에티엔 카르자의 1876년 사진 작품.

『저지 섬 바위들 사이의 빅토르 위고 Victor Hugo among the Rocks on Jersey』

아들 샤를 위고가 1853~1855년경 찍은 사진. 빅토르 위고는 희곡 『크롬웰』(1827)과 『에르나니』(1830)를 시작으로 『파리의 노트르담』(1831)을 비롯한 탁월한 작품들을 발표하며 낭만주의 문학 운동을 선두에서 이끌었다. 그러나 1848년 최초의 프랑스 대통령이 된 후 독재정치를 하던 루이 나폴레옹(나폴레옹 3세)이 1851년 결국 쿠데타를 일으켜 프랑스 제2제정을 수립하고 황제의 자리에 오르자 거기에 반대하다 국외 추방을 당했다. 위고는 벨기에를 거쳐 영국해협의 영국령 저지섬과 건지섬에 머무르며 1870년까지 약 19년간 망명 생활을 했다. 이 기간 동안 창작에 전념한 덕분에 시집 『징벌』(1853)과 『명상시집』(1856), 소설 『레 미제라블』(1862) 등 많은 걸작을 썼다.

「1832년 6월봉기 L'insurrection de juin 1832」

프랑스 판화가 프레르의 1870년 판화 작품. 『레 미제라블』의 시대 배경인 6월봉기(또는 1832년 파리봉기)를 묘사했다. 6월봉기는 민중들이 1832년 6월 5일부터 6월 6일까지 파리에서 군주제 폐지를 내세우며 일으킨 항쟁이다. 1830년 7월혁명으로 루이 필리프가 '프랑스 국민의 왕'에 올랐다. 그러나 1827~1832년에 흉작과 식량 부족, 물가 상승 등으로 경제 사정이 나빠졌다. 또 1832년 봄에는 전 유럽에 콜레라가 덮쳐 2만 명 가까운 희생자가 발생했다. 이때 정부가 우물에 독을 탔다는 소문이 퍼졌다. 이에 7월왕정에 반대하던 공화주의자들은 그해 6월 5일 봉기를 일으켜 파리의 절반을 장악했으나 2만 5,000명의 정규군에 진압당해 하룻밤 만에 실패로 끝나고 말았다. 그날 위고는 희곡을 집필 중이었는데, 총소리를 듣고 달려 나갔다가 봉기 현장을 목격했다. 소설에서 봉기 계획을 세우는 결사체 'ABC의 친구들'은 실제로 존재했던 '인권을 위한 모임'의 하위 조직을 묘사한 것이다.

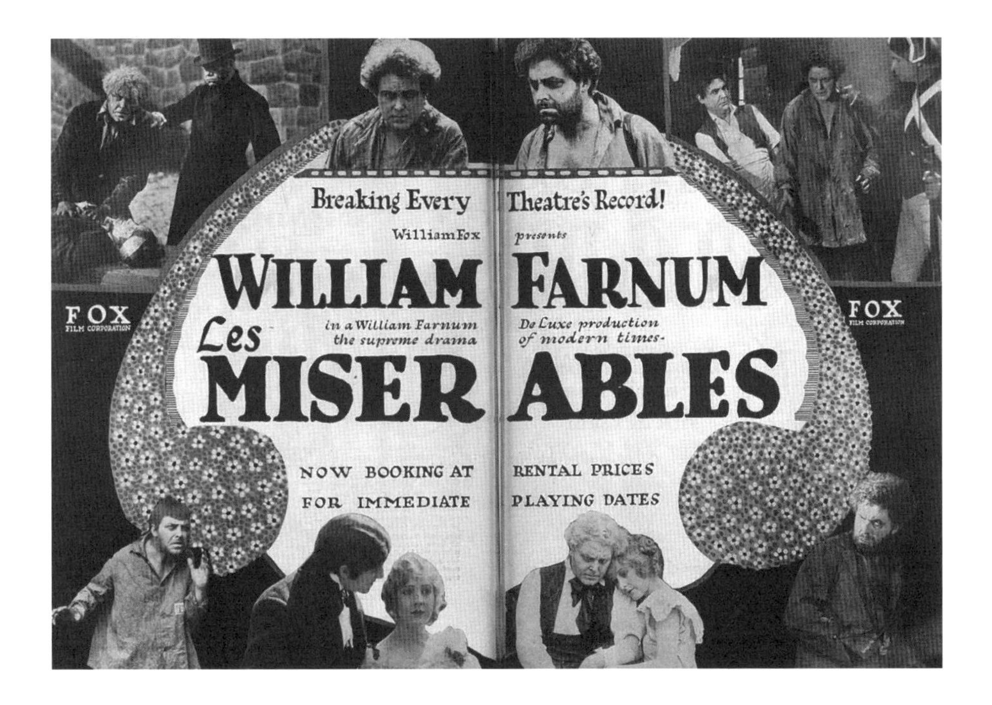

영화 〈레 미제라블〉

1918년 잡지 「무빙 픽처 월드(Moving Picture World)」에 실린 1917년 미국에서 제작된 무성영화 〈레 미제라블〉의 광고. 1862년 출간된 『레 미제라블』은 19세기의 가장 위대한 소설 중 하나로 꼽힌다. 프랑스어 제목 'Les Misérables'은 '불쌍한 사람들'이란 뜻인데, 한국에서는 주인공 이름을 따서 『장 발장』이라는 제목으로 소개되기도 한다. 이 소설은 법과 신의 은총이란 문제를 탐구하면서, 프랑스 역사, 파리의 건축과 도시 설계, 정치, 도덕철학, 반왕정주의(反王政主義), 정의, 종교, 낭만적 사랑과 가족애의 본질을 통찰한다. 『레 미제라블』은 출간 당시부터 큰 인기를 끌었으며, 이후 책, 영화, 만화, 텔레비전, 애니메이션, 라디오, 뮤지컬, 콘서트, 연극, 게임 등 각종 분야에서 수많은 작품으로 재탄생되었다.

레 미제라블 1 차례

제3부 마리우스

레 미제라블 2 차례

제 1 권

제1부

팡틴

의로운 사람

때는 1815년 10월경, 샤를 프랑수아 비앵브뉘 미리엘 씨는 디뉴의 주교직을 맡고 있었다. 그가 그곳의 주교가 된 것은 9년 전인 1806년이었다. 주교는 누이동생인 노처녀 바티스틴과 함께 그곳에 왔다. 그녀는 주교보다 열 살 아래였다. 주교의 심부름꾼으로는 누이동생과 동갑인 마글루아르 부인밖에 없었다.

지금 미리엘 주교가 살고 있는 주교관은 옛날에 자선병원으로 쓰이던 자그마한 건물이었다. 애당초 그가 처음 부임했을 때의 주교관은 아주 웅장한 석조 건물이었다. 그 건물 옆에 바로 자선병원이 있었다.

디뉴에 도착한지 사흘 만에 미리엘 주교는 자선병원을 방문했다. 병원 방문을 끝낸 후 그는 병원장을 주교관으로 불러서 물었다.

"원장님, 지금 병원에 환자가 몇 명이나 됩니까?"

"스물여섯 명입니다, 예하. 그런데 방들이 너무 비좁고 환기도 잘 되지 않습니다. 회복기 환자들이 산책을 하려 해도 뜰이 너무 좁습니다."

"그래요, 나도 그런 생각을 했습니다."

"게다가 유행병이 돌 땐 환자수가 늘어나는데 그럴 때마다 어떻게 해야 할지 난감해집니다."

주교는 즉석에서 원장에게 말했다.

"원장님, 이건 분명히 잘못된 일입니다. 병원 환자들은 비좁은 방에 다닥다닥 스물여섯 명씩이나 들어 있는데 겨우 우리 세 명이 육십 명이 들어갈 수 있는 이 집을 차지하고 있다니! 병원과 이 집을 맞바꾸기로 합시다."

바로 다음 날로 병원에 있던 스물여섯 명의 환자들은 주교관으로 옮겨 오고 주교는 자선병원으로 이사했다.

그런 주교에게 변변한 재산이 있을 리 없었다. 그는 국가에서 주는 연 1만 5,000프랑의 봉급을 약간의 생활비만 남기고는 모두 신학교, 종교단체, 자선단체에 기부했고 어려운 사람들을 돕는 데 썼다. 그는 남들, 특히 어려운 사람을 위해서라면 입고 있던 옷까지 벗어주는 사람이었다. 그런 그를 가난한 사람들은 샤를 프랑수아 비엥브뉘 미리엘이라는 그의 긴 이름 중 하나를 골라 비엥브뉘 예하라고 불렀다. 비엥브뉘는 '환영합니다, 어서 오십시오'라는 뜻이었다.

그는 대단히 바빴다. 주교로서의 공식 업무도 많은데다, 그 일이 끝난 후에도 결코 쉬지 않았기 때문이다. 그는 수많은 사무와 성무, 예배를 끝내고 남은 시간을 가난한 자와 병든 자, 고통 받고 있는 자들을 위해서 썼다. 그들에게 바치고 남은 시간에는 정원의 땅을 갈거나 책을 읽었다. 그는 그 두 가지 일을 모두 '뜰 가꾸기'라고 불렀다. 그리고 인간의 정신도 뜰이라고 덧붙이곤 했다.

그렇지만 그에게도 사치스러운 물건들이 있었다는 것은 밝혀야겠다. 그가 주교가 되기 아주 오래전부터 지니고 있던 은식기 여섯 벌과 커다란 은 스푼이 바로 그것이다. 그의 유일한 호사는 바로 그 은그릇으로 식사를 하는 것이었다. 미리엘 주교는 가끔 고백하듯 말하곤 했다.

"은그릇으로 밥 먹는 걸 그만두기는 정말 어렵단 말이야."

아참, 한 가지 물건이 더 있다. 그에게는 대고모로부터 상속받은 두 개의 커다란 은촛대가 있었다. 이 촛대들은 양초가 꽂힌 채 벽난로 위에 놓여 있었으며, 저녁 식사 손님이라도 있으면 마글루아르 부인이 불을 밝혀 식탁 위에 갖다 놓았다.

미리엘 주교는 환자나 죽어가는 자의 머리맡에는 거의 언제나 나타났다. 그가 나타나면 모든 사람들은 위안을 얻었다. 하지만 그는 그들의 고통을 잊게 해주는 것이 아니었다. 오히려 새로운 희망의 빛에 의해 그 고통 자체를 숭고하고 위엄 있게 만들어주었다. 그는 때로는 침묵으로, 때로는 부드러운 말로 절망에 빠진 사람들의 마음을 평온하게 해주었으며, 그들이 지금 겪고 있는 고통을 통하여 저 높은 곳으로 갈 수 있음을 알게 해줌으로써 고통 자체를 희망으로 바꾸어주었다.

그는 어려운 자들을 위로하는 자리라면 그곳이 아무리 위험하더라도 마다하지 않고 방문했다. 그런 그의 면모를 보여주는 좋은 일화가 하나 있으니 소개해보기로 하자.

올리울 협곡에서 한동안 도적들이 횡행했다. 당국의 습격으로 산적 일당이 와해되자 그 대장 중 한 명인 크라바트가 몇몇 부하들과 함께 산중으로 도망갔다. 그는 이곳저곳 피해 다니며 활약하다가 갑자기 바르슬로네트 방면에 나타났다. 그는 동굴 속에 은신해 있으면서 골짜기를 지나 마을로 내려오곤 했다. 그가 한 번은 앙브룅의 노트르담 대성당에 침입하여 성물들을 훔쳐갔다. 헌병들이 그들을 추적했으나 잡을 수 없었다. 그는 매번 교묘하게 빠져나갔고 때로는 대담하게 저항하기도 했다. 실로 대담무쌍한 악당이었다. 마을 사람들은 공포에 싸여 있었다.

어느 때인가, 미리엘 주교가 그곳을 방문했다. 그 지역 곳곳을 순회하다가 그곳에 들르게 된 것이었다. 그 지역에 있는 샤스틀라트 마을의 면장이 주교를 찾아와 위험하니 순회를 멈추고 돌아가기를 권했다. 면장은 그들이 산악지역을 온통 장악하고 있으니 호위병을 붙여도 소용없으며 오히려 호위병만 희생시킬 수 있다고 말했다.

주교가 면장에게 대답했다.

"그렇다면 호위병 없이 가겠소."

"예하 혼자서요?"

"그렇소."

"아이고, 비엥브뉘 예하, 절대 안 됩니다."

"저 산속에는 목동들이 사는 작은 마을이 하나 있소. 나는 삼 년 동안 그곳에 가보지 못했소. 그들에게도 주님의 말씀을 전해야 하오. 산적이 무섭다고 내가 거기에 가지 않는다면 그들이 뭐라고 하겠소?"

"하지만 예하, 만일 산적을 만나신다면?"

"만나면 더 좋지. 그들에게도 주님의 말씀을 전할 수 있는 기회가 될 거 아니오?"

"예하의 소지품을 훔치거나 예하를 죽일지도 모릅니다."

"난 가진 게 없어요. 또, 쓰지도 달지도 않은 말을 중얼거리고 다니는 늙은 신부를 죽여서 뭐 한다고?"

"예하, 제발 가지 마십시오. 정말로 생명이 위험합니다."

"면장, 그 때문에 더 가야 하오. 나는 내 생명을 지키기 위해 이 세상에 있는 게 아니라오. 사람들의 영혼을 지키기 위해 있는 거라오."

면장도 포기하는 수밖에 없었다. 주교는 길잡이가 되겠다고 자원해 나선 아이 한 명만 데리고 길을 나섰다. 그는 나귀를 타고 산을 넘는 도중 아무도 만나지 않고 무사히 목동들이 있는 곳에 도착했다. 그는 그곳에 두어 주 머물면서 설교를 하고 세례를 주고 글도 가르쳐주었으며 인륜과 도덕에 대한 가르침을 베풀었다.

떠날 때가 가까워오자 그는 정식으로 주교의 의관을 갖추고 예배를 드리기로 했다. 그는 그 뜻을 그곳 사제에게 전했다. 그런데 어쩌랴! 그곳에는 주교의 제복이 없었다. 있는 것이라고는 낡아빠져 입기도 어려운 사제복 두 벌뿐이었다. 모두들 어쩔 줄 몰라하며 혹시 하는 마음에 근처 성당들을 다 찾아보아도 아무것도 나오지 않았다.

그때였다. 낯선 사람 둘이 말을 타고 마을 사제의 집에 나타나 커다란 상자 하나를 내려놓더니, 주교에게 전하라고 한 후 총총히 사라졌다. 상자를 열어보니 그 속에는 금실로 짠 주교의 제복이며, 다이아몬드가 박힌 주교의 관이며, 대주교의 십자가, 사목 지팡이 등이 들어 있었다. 달포 전에 대성당에서 도난당한 주교복 일습이었던 것이다. 상자 속에는 쪽지가 한 장 있었는데 거기에는 이렇게 씌어 있었다.

'크라바트로부터 비엥브뉘 예하께'

그가 무사히 샤스틀라트로 돌아오자 모든 사람들이 호기심에 몰려들었다. 그리고 그가 무사히 돌아왔을 뿐 아니라 화려한 주교복을 되찾아온 것을 보고 놀랐다. 그날 저녁, 잠자리에 들기 전에 그는 누이동생에게 말했다.

"도둑이나 살인자를 두려워하면 안 돼. 그건 우리 외부에 있는 아주 작은 위험일 뿐이야. 진짜 큰 위험은 우리 안에 있어. 가장 무서운 도둑은 바로 우리의 편견이고, 가장 무서운 살인자는 바로 우리가 지니고 있는 악덕이야. 우리의 지갑이나 머리를 노리는 자들보다 우리의 영혼을 위협하는 우리 안의 적이 더 무서운 거야."

그가 되찾아온 대성당의 보물은 어찌 되었는지 궁금하지 않은가? 나는 단언하지는 않겠다. 하지만 이 사건과 관련되어 꽤 애매한 내용의 메모가 주교의 서류들 틈에서 발견되었다는 것만 밝히련다. 그 메모의 내용은 다음과 같다.

이것이 대성당으로 돌아가야 할지, 아니면 자선병원으로 가야 할지, 그게 문제로구나.

한마디로 말하자. 세상 사람들이 모두 황금 파내기에 몰두해 있는 데 반해, 주교는 연민 파내기에 바빴다. 이 세상에 만연해 있는 온갖 비참함은 그의 광산이었다. 도처에 넘치는 사람들의 고통이 그에게는 친절을 베풀 기회일 뿐이었다. 그는 '서로 사랑하라'는 가르침이 완전무결한 가르침이라고 말했고 그것이 그의 교리의 전부였다. 그의 모든 행동은 그런 단순하고 순수한 믿음에서 우러나왔다.

추락

바로 그 무렵 어느 날 저녁이었다. 미리엘 주교는 늦게까지 자기 방에 틀어박혀 저술에 몰두해 있었다. 저녁 8시가 되자 마글루아르 부인이 식사 준비를 위해 침대 곁에 있는 은그릇을 꺼내가려고 들어왔다. 그는 잠시 더 글을 쓰다가 누이동생이 자기를 기다리리라 생각하고 의자에서 일어나 식당으로 들어갔다.

그때였다. 누군가가 마구 문을 두드렸다.

"들어오시오." 주교가 말했다.

그러자 문이 열리고 한 사나이가 들어섰다. 어깨에는 배낭을 걸머지고 있었으며 손에는 지팡이를 들고 있었다. 그의 눈에서는 거칠고 대담하고 난폭한 기운이 뿜어져 나오고 있었다. 벽난로 불빛이 그를 비춰주었다. 흉한 몰골이었다. 마을에 수상한 사람이 나타났다는 소식을 이미 들어 알고 있던 마글루아르 부인은 고함을 지를 힘조차 없이 질려 있었다. 그녀는 입을 다물지 못한 채 몸을 떨고 있었다.

바티스틴 양도 깜짝 놀라 몸을 반쯤 일으켰지만 오빠를 바라보더니 침착하고 평온한 얼굴을 되찾았다. 주교는 태연한 눈으로 사나이를 바라보고 있었다. 주교가 입을 열고 무슨 일로 왔느냐고 물어 보려 했다. 그러나 주교가 미처 말을 꺼내기도 전에 사나이가 높은 목소리로 말했다.

"저는 장 발장이라는 사람입니다. 죄수였습니다. 저는 19년간 옥살이를 했습니다. 나흘 전에 석방되어 퐁타를리에로 향해 가는 길입니다. 오늘만 해도 100리 이상을 걸었습니다.

오늘 이곳에서 잠을 자려고 어느 여관에 들렀는데 쫓겨났습니다. 제가 지닌 노란 통행권 때문이었습니다. 여기저기 들러봤지만 모두 쫓겨났습니다. 할 수 없이 저는 형무소를 찾아갔습니다. 그곳 밖에는 저를 받아줄 곳이 없다고 생각했습니다. 하지만 간수가 문을 열어주지 않았습니다. 마지막으로 저는 개집으로 기어 들어갔습니다. 하지만 개도 저를 물어뜯고 쫓아냈습니다. 개조차 제가 누구인지 알고 있는 것 같았습니다. 이제 들판에서 별을 바라보며 자는 수밖에 없었습니다. 그런데 별이 보이지 않았습니다. 비가 올 것 같았습니다. 하느님마저 비를 막아줄 생각을 않는다고 투덜대며 다시 시내로 들어왔습니다. 그리고 광장의 돌 위에서 눈을 붙이려고 했습니다. 그런데 어느 친절한 부인께서 이 집을 가리키며 '저 집 문을 두드려보세요'라고 했습니다. 그래서 이렇게 찾아온 겁니다. 여기 뭐 하는 뎁니까? 여관인가요? 돈은 있습니다. 형무소에서 19년 간 노역을 해서 번 돈 109프랑 15수가 있습니다. 저는 정말 지쳤습니다. 배도 몹시 고픕니다. 여기서 하룻밤 묵을 수 없을까요?"

그의 말이 끝나자마자 주교가 말했다.

"마글루아르 부인, 여기 한 사람 분 식기를 더 갖다 놓도록 해요."

사나이는 식탁 가까이 오더니 미심쩍은 표정으로 주교에게 말했다.

"뭐라고 말씀하시는 건가요? 제 말을 모르시겠어요? 저는 징역살이를 한 사람입니다. 감옥에서 나온 죄수란 말입니다."

그는 주머니에서 커다란 노란색의 종이 한 장을 꺼내어 펴 보이더니 계속 말했다.

"이게 제 통행권입니다. 이거 때문에 저는 어디를 가나 쫓겨납니다. 여기 제가 죄수였다는 게 다 씌어 있습니다. '절도죄로 5년, 네 번의 탈옥 기도로 14년, 극히 위험한 인물임', 이렇게 씌어 있습니다. 그런데도 저를 받아주신다는 겁니까? 먹여주고 재워준다는 겁니까? 여기는 다른 여관과 다르다 이건가요?"

신부는 마글루아르 부인에게 그의 침구를 정리하라고 지시했을 뿐이었다. 장 발장은 식사를 한 후 침실로 가서 콧바람으로 촛불을 끄고는 옷을 입은 채 침대에 쓰러져 이내 깊이 잠들어버렸다.

장 발장은 한밤중에 잠을 깼다.

그는 브리의 가난한 농가에서 태어났다. 가난해서 글도 배우지 못했으며 성장한 뒤에는 나뭇가지 치는 일을 했다. 그는 아주 어려서 부모를 여의었다. 어머니는 그를 낳은 후 산후조리를 잘못해 세상을 떴으며 그처럼 나뭇가지 치는 일을 하던 아버지는 나무에서 떨어져 죽었다. 장 발장에게 남은 가족이라고는 결혼한 누이 하나뿐이었다. 누이는 어린 동생을 데려다 길렀다. 그녀의 남편이 죽고 그녀가 과부가 되었을 때 그녀에게는 부양해야 할 일곱 명의 자식이 있었다. 일곱 아이 중 제일 큰놈이 여덟 살이었고 막내는 갓 한 살이었다.

스물다섯 살이었던 장 발장은 아이들 아버지 노릇을 해야 했고, 자신을 거두어 키워준 누이를 부양해야만 했다. 그의 젊은 시절은 지독한 노동의 세월이었다. 아무리 열심히 일해도 입에 풀칠하기도 힘든 세월이기도 했다. 그는 나뭇가지 치는 일이 있는 계절에는 하루에 24수를 벌었고 다른 계절에는 잡역부, 소치는 일꾼 외에 온갖 육체노동을 했다. 누이도 누이 나름대로 열심히 일했지만 어린아이들이 일곱이나 있는데 변변히 일이나 할 수 있었겠는가? 어찌할 도리가 없었다. 그들은 차츰차츰 끼니 때우기도 어려운 가난에 내몰렸다. 그러던 중 혹독한 겨울이 왔다. 장 발장에게는 일거리가 없었다. 당연히 가족에게는 빵이 없었다. 그렇다! 문자 그대로 빵이 없었다. 게다가 굶주린 일곱 아이들!

어느 일요일 늦은 저녁이었다. 성당 앞 광장에 있는 어느 빵집 주인이 막 잠자리에 들려고 하던 참이었다. 갑자기 창살을 쳐 놓은 진열대 유리창에서 우지끈 소리가 들렸다. 놀라서 밖으로 나와보니 창살과 유리에 구멍이 뻥 뚫려 있고 그 사이로 팔 하나가 쑥 들어와 있었다. 그 팔이 빵 하나를 집어 들고 뛰어갔다. 주인은 급히 뛰어나갔다. 도둑놈은 전속력으로 도망갔지만 곧 주인에게 붙잡혔다. 도둑놈은 이미 빵을 던져버린 뒤였고 그의 팔에서는 피가 흐르고 있었다. 그가 장 발장이었다.

그것이 1795년의 일이었다. 장 발장은 '야간 가택 침입과 절도 혐의'로 구속되었다. 재판 결과 그는 5년 징역형을 선고받았다. 우리 문명사회에는 무서운 순간이 있다. 형벌이 선고되면서 한 인간이 파멸에 이르게 되는 순간이 바로 그것이다. 생각하는 존재인 한 인간을 그가 속한 사회가 버리고 멀어져 가는 그 순간, 되돌이킬 수 없는 길로 내모는 그 순간은 그 얼마나 슬픈 순간인가! 장 발장은 목에 쇠사슬을 차고 수레에 실려서 스무이레 만에 툴롱의 감옥에 도착했다. 그는 붉은 죄수복을 입은 채 그곳에 수감되었다. 그는 이름이 지워진 채 장 발장이 아닌 24601호가 되었다.

감옥에서 지내는 동안 그는 딱 한 번 누이의 소식을 들었을 뿐이었다. 감옥살이 4년째가 다 되어가던 무렵이었다. 고향에서 그들과 알고 지내던 어떤 사람이 누이를 보았다며 전해준 소식이었다. 소식이라야 그의 누이가 파리의 빈민가에서 막둥이 하나만 데리고 살아가고 있다는 것뿐이었다. 다른 여섯 아이는 어떻게 되었을까? 아마 그녀 자신도 몰랐을 것이다.

그해에 그는 탈옥을 시도해서 성공했다. 그러나 그에게 주어진 것은 단 이틀만의 자유뿐이었다. 하긴 무언가에 쫓기며 줄곧 뒤를 돌아다보고, 바스락 소리에도 몸을 부르르 떠는 것도 자유라고 할 수 있다면 말이다. 그는 곧 다시 붙잡혔다. 그 죄로 그의 형기는 3년 연장되었다.

그 후로도 그는 세 번 더 탈옥을 시도하다 붙잡혔으며 그로 인해 총 11년을 더 복역해야 했다. 그는 도합 19년의 형을 살고 1815년 10월에 석방되었다. 유리창을 부수고 빵 한 조각을 훔친 죄로 1796년에 형무소에 들어가, 무려 19년을 복역했던 것이다.

장 발장은 흐느끼고 떨면서 감옥에 들어갔고, 감정이 없는 사람이 되어 그곳에서 나왔다. 그는 절망하며 그곳에 들어갔고 침울한 사람이 되어 그곳에서 나왔다. 그의 영혼에 무슨 일이 일어났던 것인가?

그는 무지한 사람이었지 바보는 아니었다. 타고난 빛이 그의 마음속을 밝히고 있었다. 게다가 그가 겪은 불행은 그 빛을 어느 정도 증가시키는 데 기여했다. 곤봉 아래서, 쇠사슬 아래서, 감방 안에서, 피로 속에서, 형무소의 뜨거운 태양 아래서, 마룻바닥 잠자리에서, 그는 자신의 양심을 되돌아보았고 자기 자신에 대해 깊이 생각했다.

그가 제일 먼저 심판대에 올린 것은 자기 자신이었다.

그는 자기가 결백한 사람이 아니며 부당하게 벌을 받은 것이 아님을 인정했다. 그는 자신이 비난받을 만한 극단적 행동을 했음을 인정했다. 그는 생각했다. 내가 빵을 좀 달라고 했으면 거절하지 않았을지도 모른다. 동정심이든, 일을 해서든 빵을 얻을 때까지 참고 기다리는 것이 옳았으리라고 생각했다.

'굶어 죽는 판에 기다릴 수 있는가?'라고 말할 수도 있다. 하지만 그것이 이론의 여지없이 옳다고만 볼 수는 없다. 사람이 어디 그렇게 쉽게 굶어 죽을 수 있는가? 인간은 정신적·육체적 고통을 어느 정도 이겨내도록 만들어지지 않았는가? 그러니 참을 필요가 있었다. 요컨대 그는 옳지 않았다.

하지만 그는 거기서 그치지 않았다. 일단 자신의 잘못을 인정한 후에 그는 자문했다.

그래, 내가 옳지 않았다고 치자. 이 불행한 이야기에서 나만 책임이 있는 것인가? 우선 노동자인 나에게 일거리가 없었고 부지런한 나에게 빵이 없었다는 것은 심각한 문제가 아닌가? 또한 내가 잘못을 범하고 죄를 자백하기는 했지만 징벌이 너무 가혹한 것은 아니었던가? 내가 저지른 잘못보다 징벌이 더 큰 것은 아닌가? 몇 차례 탈옥을 시도해서 더욱 무거워진 그 형벌은 강자가 약자에게 가한 폭행이 아니던가? 그건 개인에 대해 사회가 범한 범죄가 아니던가? 내가 감옥에 있는 동안 그 범죄가 매일 행해진 것이고, 그 범죄가 19년 동안 계속된 것이 아닌가?

그는 스스로 사회에 대해 판결을 내렸다. 그렇다, 사회가 유죄다. 그는 죄를 지은 사회에 대한 자신의 증오심으로 그 사회를 처벌했다. 그는 자기가 겪은 운명을 사회의 책임으로 돌리고 언젠가는 그 책임을 물으리라 생각했다. 그는 자기가 지은 죄와 자기에게 가해진 징벌 사이에 균형이 맞지 않는다고 자신에게 선언했다. 자기가 받은 징벌이 사실상 부당한 것은 아니지만 불공정한 것은 틀림이 없다고 결론지었다. 그리고 그는 분개했다.

그가 속한 사회는 그에게 해만 끼쳤다. 그가 속한 사회는 이른바 정의의 이름으로 그에게 가혹한 모습, 성난 얼굴만 보여주었으며 그 이름으로 그에게 타격을 가했다. 사람들이 그와 접촉한 것은 오로지 그에게 해를 가할 때뿐이었다. 어렸을 때부터 사람들과 만난다는 것은 곧 그에게 무언가 타격이 가해진다는 것을 뜻했다. 고생에 고생을 겪으면서 차츰 그는 인생은 싸움이라는 확신에 도달했으며 자신은 그 싸움에서 패배한 자라는 생각에 이르렀다. 그에게는 증오심 외에는 아무런 무기가 없었다. 그는 이 유일한 자신의 무기를 형무소에서 날카롭게 갈아두었다가 밖으로 나갈 때 가져가기로 결심했다.

툴롱에는 이뇨랑탱 수도사들이 경영하는 학교가 있어 죄수들 중 열성적인 자들에게 기본적인 교육을 시켰다. 그는 그런 열성적인 죄수들 중 하나였다. 그는 마흔 살에 읽기, 쓰기와 산수를 배웠다. 지능을 갈고 닦는 것이 증오심을 강하게 만드는 것이라고 그는 생각했다. 그것이 증오심을 발휘할 무기를 벼르는 것이라고 생각했다. 결국 그는 증오심에 불타는 맹수와 같은 존재가 되었다.

여기서 빼놓으면 안 될 한 가지 사실이 있다. 그가 형무소 내에서 아무도 대적하지 못할 대단한 체력의 소유자였다는 점이다. 모든 노역에서 그는 거의 네 사람 분의 힘을 냈다. 어마어마한 중량의 물건을 등에 지기도 하고, 때로는 인간 기중기 역할을 하기도 했다.

게다가 그의 몸은 더없이 유연했다. 늘 탈옥을 꿈꾸며 키운 것이었다. 그는 반듯한 벽에 쉽게 기어오를 수 있었으며 작은 틈만 있으면 벽에 몸을 착 붙이고 꼼짝 않고 있을 수 있었다. 많은 죄수들 중에서도 그만이 지니고 있는 능력이었다.

장 발장이 잠에서 깨어났을 때는 대성당의 큰 시계가 새벽 2시를 칠 때였다. 그가 한밤중에 잠을 깬 것은 침대가 너무 좋았기 때문이었다. 침대에서 잠을 자본 지가 20년이 넘었기에 너무 기분이 이상해서 잠을 설친 것이다.

그는 눈을 뜨고 어둠 속을 휘휘 둘러보다가 다시 잠을 청하려 했다. 그날 겪은 갖가지 일 등, 오만가지 생각이 머릿속을 오가는 바람에 좀처럼 다시 잠이 오지 않았다. 그는 이런저런 생각에 잠기기 시작했다.

그런 생각 중에 그에게 계속 떠오르는 영상이 하나 있었다. 바로 마글루아르 부인이 식탁 위에 갖다 놓았던 여섯 벌의 은식기와 스푼이었다. 그는 그것들을 눈여겨보았었다. 그것들은 지금 몇 걸음 떨어지지 않은 곳에 있었다. 그는 늙은 식모가 그것을 작은 벽장에 넣는 것을 똑똑히 보아두었던 것이다. 그것들은 순은 그릇들이었다. 그것도 값나가는 옛날 은그릇들이었다. 두 개의 스푼만으로도 족히 200프랑은 나가리라. 19년간 그가 번 돈의 갑절이었다.

그는 한 시간 동안 침대 위에서 망설이다가 자리에서 일어났다. 3시를 알리는 시계소리가 울렸다. 그는 침대 한쪽에 던져 놓았던 배낭을 더듬어보고는 침대에 걸터앉아 한참 동안 망설였다. 아마 성당 시계가 15분인가, 또는 30분인가를 알리는 종을 울리지 않았다면 해가 뜰 때까지 한없이 그러고 있었으리라. 그 시계 소리는 '자, 어서'라고 그를 재촉하는 것 같았다. 그는 귀를 기울였다. 아무 소리도 들리지 않았다. 그는 어렴풋하게 눈에 들어오는 창 쪽으로 똑바로 걸어갔다. 보름달이 떠 있어 어둡지 않았다. 그는 창을 열려고 해보았다. 창은 쉽게 열렸다. 그는 정원을 살펴본 후 다시 창을 닫았다. 정원 담장을 쉽게 뛰어넘을 수 있음을 확인한 것이다.

이윽고 그는 결심이 선 듯 침대로 가더니 배낭을 열었다. 그는 그 안에서 무엇인가를 꺼내 침대에 놓더니 대신 구두를 배낭 주머니에 넣었다. 그런 후 배낭을 잠그고 어깨에 짊어지더니 모자를 깊숙이 눈 위까지 눌러썼다. 그는 지팡이를 더듬어 찾아 창 귀퉁이에 갖다 놓고는 침대로 되돌아와 거기 놓아두었던 물건을 결연히 손에 잡았다.

그것은 한쪽 끝이 뾰족한 짤막한 쇠몽둥이 같은 것이었다. 어두워서 무엇인지 알 수 없었지만 실은 광부들이 쓰는 촛대였다. 그것은 그가 형무소에서 돌 캐기 노역을 할 때 쓰던 것이었다. 그는 촛대를 오른손에 들고 숨을 죽이며 옆방 문 쪽으로 살금살금 걸어갔다. 바로 주교의 방이었다. 문은 방긋이 열려 있었다. 주교는 그 문을 잠그지 않았던 것이다.

주교의 방으로 들어서면서 그의 가슴은 심하게 두근거렸

다. 방 안은 고요하기 짝이 없었다. 장 발장은 가구에 부딪히지 않게 조심조심 걸어 나갔다. 방 안쪽에서 잠든 주교의 고요하고 고른 숨소리가 들려왔다.

어둠 속을 더듬어 나가다가 그는 주춤 멈추어 섰다. 어느새 주교의 침대 곁에 있게 된 것이었다. 그때 갑자기 달빛을 가리고 있던 구름이 흩어지더니 그 빛이 창을 통해 흘러들어와 고요히 잠들어 있는 주교의 얼굴을 비추었다. 그의 얼굴은 온통 만족과 희망과 행복으로 빛나고 있었다. 그 얼굴에는 하늘의 영광이 깃들어 있었다. 그 존엄한 얼굴에는 신성함이 깃들어 있었다.

장 발장은 쇠촛대를 손에 든 채, 빛나는 노인의 모습에 넋을 잃고 어둠 속에 우두커니 서 있었다. 일찍이 그런 모습을 그는 본 적이 없었다. 신뢰에 가득 찬 잠든 주교의 모습은 그에게 공포심을 가져다주었다. 악한 짓을 하려는 순간, 의로운 사람이 잠든 모습을 보게 되면서 그의 양심이 꿈틀한 것이며 당황한 양심이 그에게 불안과 공포를 몰아온 것이다.

장 발장의 눈은 노인에게 못박혀 있었다. 그의 얼굴에는 망설임의 기색이 또렷이 나타나 있었다. 그는 마치 두 심연 사이에서 머뭇거리고 있는 것 같았다. 파멸로 이끄는 심연과 구원으로 이끄는 두 심연 사이에서. 그는 바로 그의 머리를 내리치거나 그의 손에 입을 맞추거나, 둘 중 하나 사이에서 망설이는 것 같았다.

달빛에 벽난로 위의 십자가상이 어렴풋이 보였다. 마치 그리스도가 두 팔을 활짝 펴고 한 사람에게는 축복을, 또 한 사람에게는 용서를 내리기 위해 두 사람을 안으려는 것 같았다.

갑자기 장 발장은 주교는 본체만체하고 침대 머리맡의 벽장으로 걸어갔다. 그는 자물쇠를 부수려고 쇠촛대를 번쩍 들었다. 그런데 열쇠가 꽂혀 있었다. 그는 벽장을 열었다. 은그릇을 담아놓은 바구니가 제일 먼저 그의 눈에 들어왔다. 그는 배낭 속에 은그릇을 쑤셔 넣더니 바구니를 밖으로 던져버렸다. 그러고는 정원을 지나 비호처럼 담장을 뛰어넘어 달아나 버렸다.

그 이튿날 비엥브뉘 예하는 정원을 거닐고 있었다. 그때 마글루아르 부인이 허둥지둥 그에게 달려왔다.

"주교님, 주교님! 은그릇 바구니가 어디에 있는지 아십니까?"

"암, 아다마다."

"아이고, 다행이네. 그게 눈에 보이지 않아서요."

주교는 조금 전 화단에서 주운 바구니를 마글루아르 부인에게 건네주었다.

"옜소."

"어머나, 속이 텅 비었네! 은그릇은요?"

"아, 그걸 걱정했던 거군? 난 잘 모르겠는데……."

"어머나, 도둑맞았네요! 어젯밤 그 사내가 훔쳐간 거예요."

그녀는 잽싸게 안으로 들어갔다가 나왔다.

"주교님, 그 사내가 달아나버렸어요. 어머, 저기 담벼락이 무너져 있네. 저리로 도망간 거예요."

"아니, 그 은그릇이 우리 물건이었던가?"

마글루아르 부인은 어이가 없어 멍하니 서 있었다.

"마글루아르 부인, 내가 오래전부터 그 은식기를 가지고 있었지만 그건 내 잘못이었소. 그건 가난한 사람들 것이오. 그 사내가 어떤 사람이오? 분명 가난한 사람 아니오?"

"아니, 주교님, 이제 어디다 진지를 잡수시려고 그러세요?"

"아무거면 어떻소? 나무그릇이면 되지."

잠시 후 그들은 어젯밤 장 발장이 앉았던 바로 그 식탁에 앉아 식사를 했다. 식사를 하는 동안 누이동생은 아무 말도 없었고 마글루아르 부인은 뭐라고 계속 투덜거리며 서성거리고 있었다. 그러자 비엥브뉘 예하가 빵을 우유에 찍어 입에 넣으며 쾌활하게 말했다.

"빵 조각을 우유에 찍어 먹는 데는 나무로 된 스푼도 포크도 필요 없구먼."

식사를 끝내고 두 남매가 막 식탁에서 일어서려는 순간이었다. 누군가가 문을 두드렸다.

들어오라고 주교가 말하자 사람들 한 무리가 문 앞에 나타났다. 세 명의 헌병이 한 사람의 멱살을 잡고 있었다. 멱살을 잡힌 사람은 바로 장 발장이었다. 문 옆에는 헌병대장이 서 있었다. 그는 들어와서 경례를 붙이더니 주교에게 다가왔다.

"예하……." 그가 입을 열자 기죽어서 축 늘어져 있던 장 발장이 깜짝 놀란 듯 번쩍 고개를 들었다. 그러고는 중얼거렸다.

'예하라고! 그럼 신부가 아니었나?'

그러자 헌병 한 명이 고함을 질렀다.

"닥치지 못해! 이분은 주교 예하이시다."

그러자 주교가 나이에 걸맞지 않게 빠른 걸음으로 장 발장 쪽으로 다가오더니 말했다.

"아, 당신이구려. 이렇게 다시 만나다니 정말 잘됐군. 아니, 촛대도 주었는데 왜 식기들만 가져갔소?"

장 발장은 놀란 눈으로 주교를 바라보았다. 어떤 말로도 표현하기 힘든 그런 표정이었다.

헌병대장이 주교에게 말했다.

"예하, 그렇다면 이 사람 말이 사실입니까? 마치 도망치듯이 가고 있기에 붙잡아서 배낭을 뒤져보니 은그릇이 나오지 않겠습니까? 그랬더니……."

"아마, 그 사람이 이렇게 말했겠지요. 간밤에 잠을 재워준 늙은 신부에게 받았다고요. 맞아요. 내가 준 거예요."

"그렇다면 그냥 놓아주어도 되겠습니까?"

"물론이지요."

헌병들이 놓아주자 장 발장은 믿을 수 없다는 표정으로 머뭇머뭇했다. 그사이 주교는 벽난로로 가서 두 자루의 은촛대를 가지고 오더니 장 발장에게 내밀었다. 장 발장은 와들와들 떨면서 얼빠진 사람처럼 그저 기계적으로 그 두 자루의 촛대를 받았다.

주교가 장 발장에게 말했다.

"자, 잘 가시오. 아 참, 다시 우리 집에 들르실 때는 정원 쪽으로 돌아오실 필요 없소. 언제든 한길 쪽 정문으로 출입해도 좋소. 언제나 열려 있으니까."

그가 헌병들에게 손짓을 하자 그들이 물러갔다.

장 발장은 금방이라도 실신할 것 같았다. 주교가 그에게 다가가더니 나지막한 목소리로 말했다.

"잊지 마시오. 결코 잊으면 안 돼. 이 은을 정직한 사람이 되기 위하여 쓰겠다고 약속한 것을."

꿈에도 약속한 기억이 없는 장 발장은 그저 어리둥절할 뿐이었다. 주교는 말 한마디 한마디에 힘을 주었다. 그는 엄숙한 어조로 말을 이었다.

"장 발장, 나의 형제여. 당신은 이제 악이 아니라 선에 속하는 사람이오. 나는 당신의 영혼을 사들였소. 나는 당신의 그 영혼을 어두운 생각과 징벌의 세계에서 끌어내, 하느님께 바친 거요."

미리엘 주교의 집을 나온 장 발장은 도망치듯 시내를 빠져 나왔다. 그는 지금까지 전혀 느껴보지 못했던 감정에 사로잡혀 있었다. 크나큰 감동에 젖어 있으면서 동시에 누구를 향한 것인지 모를 분노도 느꼈고 이상한 굴욕감도 동시에 느꼈다. 그는 때때로 마음이 부드러워지는 것을 느꼈으나 그것에 저항했다. 그는 처음 느껴보기에 스스로도 낯선 그 감정에 대해, 그가 20년 동안 키워온 냉혹함을 맞세웠다. 그는 자신이 겪은 불행으로 인해 얻은 냉정함과 침착성이 흔들리는 것을 느끼고 너무 불안했다. 그 불안감을 견디기 힘들어 차라리 헌병들에게 끌려가 감옥살이를 하는 편이 나았을 것이라는 생각까지 했다. 이루 말로 표현하기 힘든 생각들이 온종일 그의 머릿속에 밀려왔다.

해가 뉘엿뉘엿 서쪽으로 기울 무렵에 장 발장은 적막한 허허벌판 어느 덤불 뒤에 앉아있었다. 지평선 멀리 알프스산맥만이 눈에 들어올 뿐 마을의 종루도 보이지 않았다. 장 발장은 디뉴에서 10킬로미터쯤 되는 곳에 와 있었다. 들을 가로지르는 오솔길 하나가 덤불에서 몇 걸음 안 되는 곳에 뻗어 있었다.

그때였다. 오솔길에서 흥겨운 노랫소리가 들려왔다. 그가 돌아다보니 열 살가량의 소년 한 명이 노래를 부르며 오솔길을 걸어오고 있었다. 노래를 부르면서 소년은 손에 가진 몇 닢의 동전으로 공기놀이를 했다. 아마 소년의 전 재산이었으리라. 그중에는 40수짜리 은전도 있었다.

소년은 장 발장이 있는 줄도 모르고 덤불 앞에 멈춰 서서 동전들을 공중으로 휙 집어던졌다. 이제까지 소년은 실수 없이 한 닢도 떨어뜨리지 않고 손등으로 잘 받았었다. 그런데 이번에는 40수짜리 은전이 손등에서 떨어져 장 발장이 있는 곳으로 굴러갔다. 앉아 있던 장 발장은 은전을 발로 밟았다. 소년은 그것을 똑똑히 보았다.

소년은 조금도 놀라지 않고 그에게 똑바로 걸어갔다. 소년은 장 발장에게 말했다.

"아저씨, 내 동전 주세요."

아이의 어조에는 조금도 의심하는 기색이 없었다. 아이의 어조에는 어린애다운 무지와 순진함이 서려 있었다.

"네 이름이 뭐냐?"라고 장 발장이 물었다.

"프티제르베에요, 아저씨."

"저리 꺼져"라고 장 발장이 말했다.

"아저씨, 내 동전 주세요."

장 발장은 고개를 수그린 채 대답하지 않았다. 소년이 다시 말했다.

"내 동전 주세요, 아저씨."

장 발장을 들은 척도 하지 않았다. 소년은 그의 멱살을 잡고 흔들기 시작했다. 동시에 동전을 밟고 있는 장 발장의 구두를 치우려 애썼다.

"어서 내 동전 줘요! 40수짜리 내 동전 말이에요!"

어린아이는 울고 있었다. 장 발장은 여전히 앉은 채 고개를 들었다. 그의 눈빛이 흐려졌다. 그는 갑자기 놀란 듯이 어린아이를 바라보았다. 그리고 지팡이를 향해 손을 뻗으며 무시무시한 목소리로 외쳤다.

"너 도대체 누구냐?"

"저예요, 아저씨! 프티제르베예요. 아저씨 제발 40수를 돌려줘요. 제발 이 발을 치워줘요."

그러자 장 발장이 여전히 은화 위에 발을 올려놓은 채 벌떡 일어나며 말했다.

"아니, 요놈 봐라. 어서 썩 꺼지지 못할까!"

놀란 소년은 그를 바라보더니 온몸을 와들와들 떨기 시작했다. 소년은 잠시 어리둥절해하더니 온 힘을 다해 도망가기 시작했다. 감히 돌아보지도 못했고 소리를 지르지도 못했다. 잠시 후 소년의 흐느끼는 소리가 들리더니 그 소리도 들리지 않게 되었다.

해가 졌다. 장 발장 주위로 어둠이 다가왔다. 그는 하루 종일 아무것도 먹지 못했고 열이 나는 것 같았다. 그는 그렇게 꼼짝 않고 잠시 서 있었다. 그는 추워서인지 몸을 한 차례 떨더니 모자를 깊숙이 눌러 쓰고 한 걸음 내디디며 몸을 구부려 지팡이를 집으려 했다. 그때 40수짜리 은전이 눈에 띄었다. 반쯤은 땅속에 묻힌 채 조약돌 사이에서 빛나고 있었다.

그것을 보자 그는 흡사 감전된 것처럼 몸을 부르르 떨었다. "이게 뭐지?"라고 그는 입속으로 중얼거렸다. 그는 서너 걸음 물러나다가 멈칫 서버렸다. 그는 조금 전까지 그가 발로 밟고 있던 곳에서 눈을 뗄 수가 없었다. 어둠 속에 빛나고 있는 은전이 마치 눈을 부릅뜨고 자기를 노려보는 것 같았다.

잠시 후 그는 화들짝 은화에 달려들어 그것을 집어 들고는 사방 들판을 둘러보기 시작했다. 아무것도 보이지 않았다. 그는 소년이 사라진 곳으로 빠른 걸음을 옮기며 소리치기 시작했다.

"프티제르베! 프티제르베!"

그리고 가만히 기다려보았지만 아무 대답도 없었다. 그는 계속 걷다가 달리기 시작했다. 그리고 때때로 걸음을 멈추고 적막한 어둠 속에서 "프티제르베, 프티제르베!" 하고 외쳤다. 하지만 소년이 나타날 리 없었다. 설사 그가 부르는 소리를 들었더라도 소년은 질겁하고 더 멀리 도망가거나 숨어버렸으리라.

그러던 중 장 발장은 말을 타고 가던 신부 한 명을 만났다. 장 발장은 신부에게 프티제르베라는 소년을 못 보았냐고 물었다. 신부가 못 보았다고 하자 그는 지갑에서 5프랑짜리 주화 네 닢을 꺼내 신부에게 주면서 말했다.

"신부님, 가난한 사람들에게 써주십시오."

그런 후 그는 정신이 나간 것처럼 덧붙였다.

"신부님, 저를 잡아가게 해주십시오. 저는 도둑놈입니다."

그 소리에 놀란 신부는 말에 박차를 가해 멀리 도망가버렸다.

장 발장은 꽤 오래 프티제르베를 찾아 헤맸지만 만날 수 없었다. 이윽고 그는 세 갈래 오솔길이 교차하는 곳에서 발길을 멈추었다. 그는 먼 곳을 바라보며 마지막으로 다시 한 번 그 아이의 이름을 불렀다. 하지만 그 고함소리는 밤안개 속으로 사라지고 메아리마저 들리지 않았다. 그는 다시 중얼거렸다. "프티제르베!" 그러나 그 소리는 거의 알아들을 수도 없을 정도로 가냘픈 소리였다. 그것이 그의 마지막 노력이었다. 그는 기진맥진해서 커다란 돌 위에 쓰러졌다. 그러고는 두 손으로 머리털을 움켜쥐고 얼굴을 무릎 사이에 틀어박고 소리쳤다.

"나는 비참한 놈(미제라블)이다!"

그런 후 그는 가슴이 터지는 것 같아 울기 시작했다. 그는 19년 만에 처음으로 울음을 터뜨린 것이다.

장 발장은 오래오래 울었다. 뜨거운 눈물을 흘리며 울었다. 여자보다도 더 연약하게, 어린아이보다도 더 겁에 질려, 흐느끼며 울었다. 우는 동안에 그의 뇌리에는 더욱 더 많은 빛이 스며들었다. 기쁘면서도 무서운 이상한 빛이었다. 그 빛을 받아 지난날의 그의 삶들이 또렷하게 되살아났다. 그의 최초의 잘못, 그의 잘못에 대한 사회의 냉혹한 처벌, 사회를 향한 복수심 등이 주마등처럼 흘러갔다. 그리고 주교의 집에서 그에게 일어났던 일이 또렷이 떠올랐다. 그리고 자기도 모르게 본능적으로 어린아이의 40수를 훔친 일이! 주교의 너그러운 자비와 용서를 받은 후에 저지른 짓이라 더욱더 비겁하고 가증스러운 그 범죄가!

그는 자신의 생애를 바라보았다. 더없이 끔찍해보였다. 그는 자신의 영혼을 바라보았다. 더없이 무시무시해 보였다. 하지만 따사로운 햇빛이 그 생애와 영혼 위에 비치고 있었다. 그것은 마치 천국의 빛으로 사탄을 비추는 것 같았다.

그는 몇 시간이나 그렇게 울었던가? 울고 나서 그는 무엇을 했던가? 아무도 알지 못했다. 다만 한 가지 밝혀진 사실이 있다.

바로 그날 밤 그르노블과 디뉴를 오가던 마차꾼이 새벽 3시쯤 주교관 앞 한길을 지나다가 한 사나이를 보았다는 것이다. 그 사나이는 마치 어둠 속에서 기도를 드리듯이 비앵브뉘 예하의 집 문 앞 길바닥에 꿇어 앉아 있었다는 것이다.

미혼모

파리 근처의 몽페르메유라는 곳에 일종의 싸구려 식당이 하나 있었다. 이 싸구려 식당의 주인은 테나르디에 부부였다. 식당 문 위에는 판자 하나가 못에 박힌 채 벽에 붙어 있었다. 그 판자 위에는 무슨 그림이 그려져 있었는데 한 사나이가 다른 사나이를 업고 있는 것 같았다. 등에 업힌 사나이는 큼직한 은빛 별들과 커다란 금빛 견장을 달고 있었다. 피를 나타내는 빨간 자국들이 몸뚱이 여기저기에 묻어 있었으며 그림의 다른 부분이 연기처럼 뿌옇게 되어 있는 것이 전쟁터를 나타내는 것 같았다. 그림 아래 부분에는 이렇게 씌어 있었다.

워털루의 중사(中士)에게

그 식당 앞에는 덩치가 큰 부서진 수레가 놓여 있었다. 어느 날 오후 어린 계집아이 둘이서 그네처럼 늘어져 있는 수레의 쇠사슬 위에 걸터앉아 놀고 있었다. 큰애는 두 살 반쯤 되었고 작은애는 한 살 반쯤 되어 보였는데 작은애는 큰애의 팔에 안겨 있었다. 자세히 보니 두 아이가 쇠사슬에서 떨어지지 않도록 손수건으로 교묘하게 묶여 있었다. 그 애들 어머니는 그 무서운 쇠사슬이 아이들 장난감으로 안성맞춤이라고 생각한 것 같았다.

제법 예쁘장한 옷차림을 한 두 어린아이는 아주 귀여웠다. 아이들 어머니가 여인숙 문턱에 쪼그리고 앉아 사슬에 맨 기다란 끈으로 아이들이 앉아 있는 그네를 흔들어주고 있었다. 쇠사슬은 앞뒤로 흔들릴 때마다 날카로운 쇳소리를 냈지만 아이들은 마냥 즐거운 표정이었다. 어머니는 박자도 맞지 않는 노래를 흥얼거리며 딸들을 지켜보고 있었다.

그녀는 노래를 부르며 아이들을 지켜보느라 어떤 여자가 그녀에게 다가오는 것을 눈치채지 못하고 있었다. 그녀가 연

가를 흥얼거리는데 갑자기 여자의 목소리가 들렸다.

"아이들이 참 예쁘네요, 부인."

그녀가 뒤를 돌아보니 웬 낯선 여자가 어린아이를 팔에 안고 서 있었다. 두세 살 된 계집아이였다. 그 여자는 꽤나 무거워 보이는 큼지막한 여행 가방을 들고 있었다.

그 여자가 안고 있는 어린아이는 어린 천사 같았다. 옷맵시도 다른 두 아이 못지않았다. 좋은 리넨 모자를 쓰고 옷에는 리본을 달고 있었으며 모자에는 레이스가 달려 있었다. 얼굴빛은 탄성이 나올 만큼 아름다운 장밋빛이었고 아주 건강해 보였다. 이 예쁜 계집아이의 뺨은 마치 사과 같아서 물어뜯고 싶을 정도였다. 아이는 어머니 품에서 잠들어 있었다.

여자는 젊었지만 가난하고 슬퍼 보였다. 본래 아름다운 얼굴인 것 같았지만 빛바랜 아름다움이었고 차림새도 허름했다. 그녀의 두 눈은 오랫동안 눈물이 말라본 적이 없는 것 같았으며 얼굴이 파리한 것이 어딘가 병든 것 같았다.

그녀의 이름은 팡틴이었다. 아름다웠던 그녀의 모습을 보았던 사람이라면 지금의 그녀를 한눈에 알아보기 힘들었겠지만 자세히 보면 그녀에게는 여전히 아름다운 모습이 남아 있음을 알 수 있었을 것이다. 그녀는 무슨 연유로 젊은 나이에 딸임에 분명한 어린아이를 데리고 이곳에 오게 된 것일까? 잠시 그녀의 사연을 되짚어보기로 하자.

팡틴은 사회의 어두운 밑바닥에서 피어난 꽃 같은 사람이라고 할 만한 여자였다. 그녀는 몽트뢰유쉬르메르에서 태어났다. 부모는 누구인가? 그녀의 부모를 아는 사람은 아무도 없었다. 그녀의 이름도 아는 사람이 없어서 그냥 팡틴이라고 불렸다. 그녀가 아직 어렸을 적 맨발로 거리를 지나갈 때 어떤 사람이 듣기에 좋다고 팡틴이라고 부른 것이 그녀의 이름이 되었다. 가족이 없었으니 성도 없었고 그곳에는 성당도 없었으므로 세례명도 없었다.

팡틴은 열 살 때 도시를 떠나 농가에서 고용살이를 하다가 열다섯 살 때 파리로 '돈벌이'를 하러 왔다. 팡틴은 금발에 아름다웠다. 자태와 거동 모두, 고대의 미를 그대로 재현한 것 같았다. 그녀는 오래도록 순결을 지키며 살았다. 그런데 그녀는 공장에서 여공으로 일을 하면서 바람기 있는 다른 세 명의 여공들과 친하게 지내게 되었다. 다른 세 명의 여공들도 나름대로 아름다웠다. 그녀들은 미모 덕분에 파리에 유학 중인 네 명의 학생들과 어울렸다. 네 명의 젊은 여인들 중 팡틴을 제외한 세 명은 말 그대로 학생들과 그냥 어울렸을 뿐이었다. 하지만 팡틴은 그들 중 한 명과 진정으로 연애를 했다. 그의 이름은 톨로미에스였다. 그는 그녀에게 첫사랑이었다. 그녀는 너무 순진했기에 톨로미에스에게 남편을 대하듯 몸을 주었고, 이 가련한 처녀에게는 아이가 생겼다.

하지만 아이가 세상에 나온 뒤 무슨 일이 벌어졌겠는가? 곤궁 그 자체였다. 모든 것이 한순간의 놀이에 불과했던 톨로미에스는 곧 그녀를 잊었으며 친하게 지내던 여자들과의 연줄도 끊어졌다. 팡틴은 외톨이가 되었다.

그녀는 외톨이가 되었지만 그들과 재미있게 놀던 버릇은 그녀에게 여전히 남아 있었다. 또한 톨로미에스와 지내면서 자신의 처지에서 해낼 수 있는 하찮은 직업을 멸시하는 버릇도 생겼다. 그녀는 취직자리를 등한시했고 한동안 그렇게 지내다보니 정작 취직하려 해도 문이 열리지 않았다. 게다가 딸이 있어서 더 취직이 어려웠다. 이제 아무런 생활수단이 없었다. 그녀는 톨로미에스에게 몇 번 편지를 했지만 아무런 응답도 없었다. 톨로미에스 이야기는 더 이상 할 기회가 없을 테니 참고로 딱 한 가지만 밝혀둔다. 그는 20년 후 루이 필립 왕 시대에 지방의 거물급 변호사가 되었다.

팡틴은 자신이 최악의 지경에 빠지기 직전인 것을 알았다. 용기가 필요했다. 그녀는 이를 악물고 용기를 냈다. 그녀는 고향 몽트뢰유쉬르메르로 돌아가볼까 하는 생각을 했다. 거기라면 혹시 누가 자기를 알아보고 일자리를 줄지도 모른다. 그렇다. 고향으로 가자. 하지만 처녀가 아이를 데리고 갈 수는 없다. 자기의 과오를 숨겨야만 할 것이다. 그녀에게는 톨로미에스와의 이별보다 더 아픈 이별을 하지 않으면 안 되리라는 생각이 어렴풋이 들었다. 한없이 가슴이 쓰렸지만 그녀는 결심을 했다.

그녀는 자신이 지닌 패물들을 모두 포기하고 허름한 베옷을 입었다. 그리고 자신의 옷과 장신구, 리본과 레이스를 모두 딸을 아름답게 꾸미는 데 써버렸다. 딸이야말로 그녀에게 마지막 남은 허영이었다.

그녀는 가진 것을 모두 팔아 200프랑을 마련했는데 자잘한 빚을 갚고 나니 수중에 80프랑밖에 남지 않았다. 어느 아름다운 봄날 아침, 그녀는 아이를 들쳐 업고 파리를 떠났다. 그녀의 나이 스물두 살이었다. 그 여자에게는 이 세상에 그 아이 외에 아무도 없었고 그 아이에게는 이 세상에 그 여자 외에 아무도 없었다.

팡틴은 가끔 10리에 3~4수씩 하는 소형마차를 탔기에 그날 정오쯤에는 몽페르메유의 블랑제 거리에 올 수 있었다. 그러다 두 계집아이가 괴상망측한 그네 위에서 재미있게 노는 것을 보고 자신도 모르게 마음이 끌려 걸음을 멈추었던 것이다.

그녀에게는 그 아이들이 천사처럼 보였다. 천사가 있다는 것은 천국이 가깝다는 뜻이 아닌가? 팡틴은 하느님이 자신을 이곳으로 인도한 것처럼 느꼈다. 그녀는 다시 한 번 말했다.

"아이들이 정말 예뻐요, 부인."

어머니는 고개를 들고 고맙다고 말하고는 지나가는 여자를 문간 걸상에 앉게 했다. 그런 후 두 여자는 이야기를 나누었다.

"저는 테나르디에의 아내예요. 이 여인숙을 하고 있지요."

테나르디에의 아내는 살이 뒤룩뒤룩 찐 붉은 머리의 여자였다. 그 꼴이 마치 여자 군인 같았다. 그녀는 아직 서른이 될락말락 한 젊은 여자였다. 만약에 이 여자가 쭈그리고 앉아 있지 않고 서 있었더라면 길 가던 팡틴은 그 거대한 몸집에 놀랐으리라. 그리고 그녀에게 믿음이 가지 않았을 것이고 우리가 앞으로 이야기하게 될 일은 일어나지 않았으리라. 한 여자가 서 있지 않고 앉아 있었다는 그 사실 하나만으로도 인간의 운명이 좌지우지되는 것이다.

팡틴은 약간 각색해서 자기 신세를 이야기했다. 자기는 여공이었는데 남편이 죽어서 고향으로 일거리를 찾으러 가고 있는 중이라는 것, 오늘 아침 걸어서 파리를 떠나왔다는 것, 아이를 업고 있었기에 고단했던 차에 마침 빌몽블로 가는 마차가 있어 타고 왔고 빌몽블로부터 여기까지 걸어서 왔다고 말했다.

그사이 아이가 잠에서 깨었다. 아이는 천사처럼 방긋 웃더니 그네에 앉아 있는 두 아이를 보고는 그들에게 갔다. 그네에 있던 아이들이 내려오자 세 명은 곧 한데 어울려 땅바닥에 구멍을 파면서 즐겁게 어울려 놀았다.

두 부인은 이야기를 계속했다.

테나르디에의 아내가 물었다.

"댁 아이 이름이 뭐예요?"

"코제트라고 해요."

"몇 살이지요?"

"곧 세 살이 돼요."

"그럼 우리 집 큰애와 동갑이네요."

아이들이 재미있게 노는 모습을 본 테나르디에의 아내가 외쳤다.

"참, 애들이란! 저렇게 금방 친해져버리네요. 누가 보면 셋이 자매간이라고 하겠네요."

그 말은 아마도 또 한 명의 어머니가 간절히 기다리던 일종의 섬광 같은 것이었으리라. 팡틴은 테나르디에의 아내의 손을 잡고는 그녀의 얼굴을 뚫어지게 바라보다가 말했다.

"제 아이를 맡아주시지 않으시겠어요?"

너무나 뜻밖의 말에 테나르디에의 아내는 깜짝 놀란 표정을 지었다. 승낙도 거절도 아닌 표정이었다. 코제트의 어머니가 계속 말했다.

"정말이지 저는 제 딸아이를 고향으로 데려갈 수가 없어요. 일을 하려면 어쩔 수 없어요. 제가 댁 앞을 지나가게 된 건 하늘의 뜻이에요. 저는 댁의 아이들을 보고 정말 감동했어요. 댁은 정말 좋은 어머니라고 생각했어요. 셋은 정말로 자매처럼 될 거예요. 우리 애를 맡아주시지 않으시겠어요?"

"좀 생각해봐야겠어요." 테나르디에의 아내가 말했다.

"한 달에 6프랑씩 드릴게요."

그때였다. 식당 안쪽에서 사내의 커다란 목소리가 들렸다.

"7프랑 이하로는 안 돼. 그리고 여섯 달 분을 미리 내야 해."

"드리겠어요." 코제트의 어머니가 말했다.

"그리고 처음 맞이하는 데 드는 비용으로 15프랑." 사내의 목소리가 이어서 들렸다.

"합계가 57프랑이네." 테나르디에의 아내가 콧노래를 흥얼거리며 말했다.

"드릴게요. 제게 80프랑이 있거든요. 그래도 고향에 갈 만한 돈은 남아요. 걸어가기만 하면요. 거기 가서 돈을 좀 벌면 바로 아이를 찾으러 올게요."

그때 사내 목소리가 또 들렸다.

"아이가 입을 옷은 있나?"

"제 남편이에요"라고 테나르디에의 아내가 말했다.

"물론 있지요. 꽤 호사스러운 옷이 모두 열두 벌이나 있어요. 비단옷도 있어요."

그제야 주인이 얼굴을 보이면서 말했다.

"그걸 다 내놓아야 해."

"물론이지요. 제 딸을 벗겨놓고 갈 수는 없잖아요."

"그럼 됐어"라고 그는 말했다.

흥정은 끝났다. 팡틴은 그날 밤을 여인숙에서 지낸 후, 곧 되돌아올 생각으로 울면서 길을 떠났다.

그녀가 떠나자 테나르디에가 말했다.

"내일이 기한인 110프랑짜리 어음을 겨우 메울 수 있게 되었군. 50프랑이 모자랐었는데……. 하마터면 집달리가 올 뻔했잖아. 당신이 어린 것들하고 아주 근사한 쥐덫을 놓았구먼 그래."

"그럴 줄 몰랐는데, 그런 셈이 되었네요." 아내가 남편의 말을 받았다.

잡힌 생쥐는 아주 변변치 않은 먹이였다. 그러나 고양이는 야윈 생쥐만으로도 즐거워하는 법이다.

이제 이 부부가 어떤 사람들인지 간단하게 소개하기로 하자. 나중에 자세히 알게 될 것이므로 지금은 아주 간략하게 몇

마디 하는 것으로 그치겠다.

이 인간들은 졸부가 된 속물과 타락한 지식인으로 이루어진 저 잡종계급에 속했다. 이들은 중류계급과 하류계급의 중간에 위치하여 후자의 결점을 약간 지니고 있으면서 동시에 전자의 결점을 거의 모두 가지고 있다. 즉 그들에게는 노동자의 열정적인 에너지도 없으며 부르주아의 성실한 질서도 없다. 그들은 어두운 불길이 그들 마음속에 일기만 하면 손쉽게 흉악해지는 간특한 사람들이었다. 여자에게는 짐승 같은 근성이 있었고 남자에게는 거지 같은 기질이 있었다.

이 세상에는 가재 같은 성질을 가진 사람들이 있다. 노상 어두운 쪽으로만 뒷걸음질을 치고, 전진하기보다는 늘 후퇴를 하는 사람들, 자신의 경험을 스스로 추악해지는 데 사용하는 사람들, 점점 더 악으로 빠져들어 흉악한 짓을 서슴없이 하게 되는 사람들. 이 남자와 여자는 바로 그런 영혼을 가진 사람들이었다.

이때는 타락한 낡은 고전주의 소설이 파리의 천한 계집애들 연정에 불을 지르고 약간의 지식을 가진 여자들의 허영기를 채워주면서 그녀들의 영혼을 좀먹던 시기였다. 테나르디에의 아내는 딱 그런 종류의 책을 읽을 만한 지식을 지니고 있었다.

그런 어리석은 책들을 읽으면 반드시 그 어리석은 내용을 써먹게 되어 있다. 그 결과 큰딸에게 에포닌이라는 이름이 붙게 되었고 작은딸은 아젤마가 되었다. 테나르디에의 아내가 읽은 형편없는 소설에 나오는 이름들이었다.

심술궂기만 해서는 번창하기 어려운 모양이다. 이 싸구려 식당은 벌이가 신통치 않았다. 길 가던 여인이 주고 간 57프랑 덕분에 테나르디에는 당장 급한 불을 끌 수 있었다. 다음 달 또 돈이 필요하게 되자 아내는 코제트의 옷을 파리의 전당포에 잡히고 60프랑을 얻었다. 그리고 코제트에게는 누더기를 입혔다. 먹을 것이라고는 모두들 먹고 남은 찌꺼기나 먹였으니 개보다는 나았지만 고양이보다는 좀 못한 음식이었다. 코제트는 식탁 밑에서 주로 개, 고양이와 함께 식사를 했다.

아이 어머니는 매달 꼬박 돈을 보내왔고 아이 소식을 물었다. 아이가 잘 있다고 답장을 보내던 테나르디에는 여섯 달이 지나자 매달 12프랑을 보내달라고 요구했고 팡틴은 선선히 그에 응했다.

그 누군가를 열렬히 사랑하면 반드시 다른 쪽은 미워하고야 마는 성격을 가진 사람들이 있다. 테나르디에의 아내가 꼭 그러했다. 그녀는 자기 딸들을 사랑했기에 남의 딸은 미워했다. 또한 이 여자는 비슷한 부류의 여자들이 그러하듯이 매일 일정한 분량의 애정 표현과 일정한 분량의 매질과 욕질을 하지 않고는 못 배겼다. 만일 코제트가 없었다면 제 딸들이 그 둘을 고스란히 받았겠지만 남의 딸이 제 딸들을 대신해 매질과 욕질을 받고 있었다.

코제트가 조금만 눈에 거슬려도 무서운 형벌이 그 애 머리 위로 우박처럼 쏟아졌다. 전혀 세상 물정도 모르고 하느님도 몰랐을 이 연약한 생명은, 자기와 똑같은 두 인간이 새벽의 광명 속에 사는 것을 곁에서 지켜보면서 끊임없이 벌 받고, 야단맞았으며, 온갖 학대와 매질을 당하고 있었다. 어머니가 그러니 에포닌과 아젤마도 코제트에게 심술궂게 굴었다. 그 또래의 아이들은 어머니의 판박이가 되는 게 당연하지 않은가?

한 해가 흐르고 또 한 해가 흘렀다. 이웃에서는 형편도 넉넉하지 않으면서 버리고 간 아이를 먹여 키운다며 테나르디에 부부를 칭찬했다. 테나르디에는 아이가 사생아라는 것을 어떻게 알아내고는 매달 15프랑의 돈을 팡틴에게 요구했다. 어머니는 그대로 이행했다.

세월이 흘러 아이들이 제법 커졌다. 그러자 코제트는 이 집의 하녀가 되었다. 다섯 살에 하녀라니! 세상에 그런 법이 어디 있느냐고 대부분의 사람들은 말할 것이다. 하지만 코제트는 그 일을 훌륭하게(!) 해냈다. 코제트는 심부름을 하고, 방을 닦고, 마당과 길을 쓸고, 그릇을 씻었으며 짐까지 날랐다. 더욱이 몽트뢰유쉬르메르에 있는 코제트의 어머니가 돈을 제대로 지불하지 못하게 되자 그들의 학대는 더욱더 심해졌다. 팡틴은 몇 달 동안 돈을 보내지 못하고 있었다.

그사이 코제트는 처음 왔을 때와 너무나 변해버렸다. 그토록 예쁘고 생기발랄했던 아이가 이제는 야위고 핼쑥해졌다. 눈만은 여전히 아름다웠지만 그 눈은 보는 이를 가슴 아프게 했다. 눈이 컸기 때문에 더 많은 슬픔이 드러나는 것 같았기 때문이다. 특히 겨울이 되면 이 가엾은 아이의 모습은 가슴을 저리게 했다. 아직 여섯 살도 안 된 어린아이가 구멍투성이 헌 누더기를 걸치고 눈에는 눈물이 그렁한 채, 새빨갛게 언 그 조그만 손에 커다란 빗자루를 들고서 해도 뜨기 전에 길을 쓸고 있었던 것이다.

그곳 사람들은 이 아이를 종달새라고 불렀다. 새보다 크다고 할 수도 없는 것이 발발 떨면서, 깜짝깜짝 놀라고 두려워하는 모습 때문이었으며 날이 밝기도 전에 마을 그 누구보다 먼저 일어나 늘 밖에 나와 있었기 때문이었다.

다만 한 가지, 이 가련한 종달새는 결코 노래를 부르지 않았다.

하강

이제 우리의 눈길을 팡틴에게로 옮겨보자. 코제트를 테나르디에의 집에 맡긴 팡틴은 어떻게 되었을까? 그녀는 계속 걸어서 몽트뢰유쉬르메르에 도착했다. 1818년의 일이었다. 10년 만에 고향으로 돌아온 것이다. 고향의 모습은 10년 전과 완전히 달라져 있었다. 팡틴이 점점 궁핍의 구렁텅이로 빠져드는 사이 그녀의 고향은 번성했다. 약 2년 전부터 새로운 산업이 일어나 그곳을 부유한 곳으로 탈바꿈시킨 것이다.

아주 까마득한 옛날부터 몽트뢰유쉬르메르에서는 영국의 흑옥과 독일의 검은 유리구슬 모조품을 만드는 특수 공업이 주산업이었다. 하지만 원료가 비싸서 늘 침체되어 있었다. 그런데 몇 년 전인 1815년에 이곳으로 들어와 살게 된 어느 외지 사람이 제조법에 혁명을 가져왔다. 수지 대신에 칠을 사용했고, 쇠고리를 용접하여 붙이던 것을 끼우는 방식으로 바꾸었다. 이 작은 변화로 원료비가 크게 감소했고 수익이 거의 세 배로 뛰었다. 3년도 되기 전에 이 방법을 발명한 사람은 큰 부자가 되었고 주위의 사람들까지도 부자로 만들었다.

그는 이 지방 사람이 아니었기에 아무도 그의 출생지를 몰랐다. 다만 그가 처음에는 겨우 몇백 프랑의 적은 돈을 가지고 이 지방에 온 것 같다고들 수군거렸다. 그는 그 적은 돈을 밑천으로 커다란 부를 이룩한 것이다. 그가 이곳에 도착했을 때 그는 노동자 행색이었으며 노동자의 말투를 썼다.

그가 등에 배낭을 짊어지고 손에 지팡이를 든 채 이 도시에 몰래 들어왔을 때 마침 시청에서 큰 화재가 났다. 이 사나이는 생명의 위험을 무릅쓰고 불속에 뛰어들어 두 명의 아이를 구해냈다. 그 아이들은 헌병대장의 아이들이었다. 덕분에 그 누구도 그의 「통행증」을 보자고 하지 않았다. 그 사건 덕분에 그의 이름이 널리 알려지게 되었는데, 사람들은 그를 '마들렌 아저씨'라고 불렀다.

유리구슬 공장을 시작해서 성공을 거둔 마들렌 아저씨는 누구든 까다롭지 않게 고용했다. 그가 직공들에게 요구한 것은 단 한 가지뿐이었다. '정직한 남자가 되라. 정직한 처녀가 되라!'라는 것이었다.

마들렌 아저씨는 좀 전에 말한 방법으로 막대한 재산을 이룩했다. 하지만 돈벌이 자체가 그의 주된 관심사는 아닌 것 같았다. 그는 남들만을 주로 생각하고 자기 자신은 별로 생각하지 않는 것 같았다. 1820년에 그는 라피트 은행에 63만 프랑의 금액을 예금한 것으로 알려져 있었으나, 그 돈을 저축하기 전에 시와 빈민을 위해 이미 100만 프랑 이상의 돈을 썼다.

이 지방은 그에게 많은 은혜를 입었고 특히 가난한 사람들은 온통 그의 은혜를 입었다. 그렇기에 사람들은 그를 존경하지 않을 수 없었고, 그의 온화한 성품 덕에 그를 사랑하지 않을 수 없었다.

1820년, 그가 몽트뢰유쉬르메르에 온 지 5년이 되던 해에, 왕은 그를 시장에 임명했다. 그가 지역사회에 혁혁한 공을 세웠고 그 지방 사람 모두가 희망했기 때문이다. 그는 사절했다.

하지만 지역 명사들이 모두들 찾아와 간청하고 주민들이 길 한복판에서 애원하는 등, 모두들 그가 시장이 되는 것을 원했기에 마침내 그는 수락했다.

그가 처음에 시장에 취임할 때 그를 시기하던 사람들이 물론 있었다. 그가 애초부터 시장 자리를 노리고 있었다고 손가락질하는 자도 있었으며 심지어 사기꾼이라고 하는 자들도 있었다. 그가 사교계 출입을 전혀 하지 않는 것을 보고는 교양 없는 자라고 말하기도 했다. 입신출세한 사람이라면 으레 받기 마련인 중상모략이었다.

하지만 시간이 흐름에 따라 그 모든 것이 자연스럽게 해결되었다. 중상모략이 쓸모없는 험담이 되었고, 이어서 빈정거림 정도가 되더니 마침내 완전히 사라져버렸다. 그는 완벽하게 만인의 존경을 받았다. 다만 한 가지, 모든 사람들을 의아하게 만들었던 행동을 그가 했던 사실은 지적해야겠다. 1821년 초에 신문에 '비앵브뉘 예하라는 별명을 듣던' 디뉴의 주교 미리엘 씨의 서거 사실이 보도되었다. 향년 여든 둘로 성자처럼 영면했다는 기사였다. 마들렌 씨는 그 이튿날 모자에 상장을 달고 새까만 상복을 입고 나타났다. 사람들은 쑥덕거렸다. 사람들은 그가 저 거룩한 주교와 인척관계라고 결론 내렸다. 그 덕분에 이전까지 그에게 반신반의하던 그 지방 귀족들도 그를 완전히 인정하기에 이르렀다. 그로부터 몽트뢰유쉬르메르에서 시장님이라고 하는 말은 디뉴에서 주교 예하라고 하던 말과 거의 같은 뜻을 갖게 되었다. 멀리 100리 밖에서도 그의 조언을 구하러 오는 사람들이 있을 정도였다. 그는 분쟁을 해결해주었고 소송을 미연에 방지하고 원수 사이를 화해시켰다. 누구나 그를 가장 공정한 심판관으로 인정했으며 그에 대한 존경심은 마치 전염병처럼 그 지방 전체로 퍼져나갔다.

그런데 이 지역 전체에서 그를 향한 존경심에 절대로 물들지 않는 자가 딱 한 명 있었다. 그는 마들렌 아저씨가 무슨 일을 하더라도 본능적으로 정신을 똑바로 차리고 경계심을 품었다. 그에게는 마치 요지부동의 산과 같은 의심 본능이 있는 것 같았다. 마들렌 씨가 온정이 넘치는 조용한 모습으로 만인의 존경을 받으며 거리를 지나갈 때면 회색 프록코트를 입은 그는 얼굴을 찌푸리고 팔짱을 낀 채 그를 바라보곤 했다. 마치 속으로 이렇게 다짐하는 것 같았다.

'도대체 저자는 누구일까? 확실히 어디선가 본 것 같은데……. 어쨌든 절대로 저런 자에게 속아넘어갈 수는 없어.'

그는 자베르라는 이름의 경찰이었다. 그는 그곳의 사복형사였다. 그는 마들렌이 처음 이곳으로 왔을 때의 일은 몰랐다. 자베르가 이곳으로 부임해 왔을 때 제2대 공장주는 이미 큰 재산을 이룬 뒤였고 사람들은 더 이상 그를 마들렌 아저씨라고 부르지 않았다. 그는 마들렌 씨가 되어 있었다.

경찰관들은 대개 비열함과 권위가 뒤섞인 독특한 용모를 가지고 있다. 자베르에게도 그런 특징이 있었지만 단 한 가지가 달랐다. 그에게 비열한 기색은 없었다. 만약에 인간들의 영혼이 눈에 보인다면 각각의 인간들의 영혼은 동물 중 하나의 모습을 하고 있으리라고 나는 확신한다. 온갖 새들은 물론, 돼지에서 호랑이에 이르기까지 온갖 동물이 인간 속에 존재하는 것이며 때로는 한 명의 인간 속에 여러 마리의 동물이 동시에 존재하기도 한다. 피레네 산중의 아스투리아의 농민들이 굳게 믿고 있는 것이 하나 있다. 한배의 이리 새끼들 중에는 반드시 개가 한 마리 섞여 있으며 그냥 내버려두면 그 개가 나머지 새끼들을 다 잡아먹어버리기 때문에 어미가 그 개를 죽여버린다는 것이다. 그 개에게 인간의 상판을 주면 바로 자베르가 된다고 생각하면 된다.

자베르는 옥중에서 태어났다. 어머니는 타로 점을 치는 점쟁이였고 그 남편과 함께 감옥살이를 하고 있었다. 그 때문에 자베르는 자기가 사회 안에 속하지 못하고 밖에 있다고 생각했다. 그는 그 안으로 들어가기를 포기했다. 그가 보기에 사회 밖에 있는 인간은 두 부류였다. 그중 하나는 사회를 공격하는 부류였고 다른 하나는 사회 밖에서 그것을 지키는 부류였다. 그는 두 계급 중 하나를 선택해야 했다. 그는 자신의 내부 깊은 곳에서 엄격함, 규율, 정직이 바탕을 이루고 있음을 느꼈고 자유분방한 생활을 하는 자들에 대해서는 왠지 증오심이 이는 것을 느꼈다. 그는 경찰에 들어갔고 성공했다. 마흔 살에 형사주임이 된 것이다.

이야기를 더 진행하기 전에 이른바 자베르의 그 '인간의 상판'에 대해 조금 더 이야기해보기로 하자. 그는 납작코였고 콧구멍에서 양편 볼을 따라 올라가는 텁수룩한 구레나룻이 그의 얼굴의 특징이었다. 그 양쪽 구레나룻의 숲과 그 납작코의 동굴 같은 콧구멍을 보고 사람들은 두려움을 느꼈다. 근엄한 얼굴을 한 자베르는 평소에는 불도그 같았고 드문 경우이긴 하지만 웃을 때는 호랑이 같았다. 게다가 골통은 작고 턱은 넓죽했으며 눈썹은 처져 있었고 양 미간 사이에는 늘 주름살이 잡혀 있었다. 가늘게 뜬 눈초리와 꽉 다문 입매는 무시무시했으며 전체적인 풍모에서 위압감이 풍기고 있었다.

이 사나이에게는 매우 단순하고 비교적 선량한 두 감정이 자리 잡고 있었다. 다만 두 감정에 너무 지나치게 집착해 있었기에 그 둘 모두 사람들에게 좋지 않은 인상을 풍겼을 뿐이었다. 그중 하나는 정부에 대한 존경이었고 다른 하나는 반란에 대해 품고 있는 증오심이었다. 그의 눈에는 절도, 상해, 살인 등 모든 범죄는 정부에 대한 반란과 같았다.

그는 국가의 관직을 가진 자에 대해서는 거의 맹목적인 신뢰감을 품었다. 하지만 한번 법을 어기고 죄악에 발을 들여놓은 자에 대해서는 온갖 경멸과 반감, 혐오감을 지니고 있었다. 그는 예외를 결코 인정하지 않았다. 그는 일단 타락한 자로부터는 그 어떤 좋은 것도 나올 수 없다고 확신하고 있었으며 누구에게나 그렇게 말했다.

그는 금욕주의자였으며 진지하고 엄격했다. 그의 눈초리

는 송곳이었다. 그것은 싸늘했고 날카로웠다. 그의 전 생애는 온통 감시와 경계, 이 두 마디로 압축될 수 있었다. 그는 탈옥수라면 제 아비라도 붙잡았을 것이며, 법을 어긴다면 제 어미도 고발했을 것이다. 갈등 없이 그런 행위를 하면서 내심 만족을 느꼈을 것이다. 그는 청빈한 생활을 했으며 고독 속에 헌신했고, 청렴했으며 유흥을 모르고 살았다. 쉽사리 짐작할 수 있듯이, 그는 모든 '악당들'에게는 공포의 대상이었다. 자베르의 이름만 들어도 그들은 줄행랑을 쳤고 자베르의 얼굴이 나타나면 그들은 화석처럼 굳어버렸다.

자베르는 줄곧 마들렌 씨를 응시하는 하나의 눈과도 같았다. 의혹과 억측으로 가득 찬 눈이었다. 마들렌도 그것을 알아차렸지만 별로 대수롭지 않게 여기는 것 같았다. 그는 자베르에게 한마디 질문도 던지지 않았고, 그를 특별히 찾거나 피하지도 않았다. 장 발장은 그의 위압적이고 거북한 눈초리를 아무렇지도 않다는 듯 받고 있었다. 그는 여느 사람들과 마찬가지로 자베르를 태연하고 온화한 얼굴로 대했다. 자베르는 그렇게 자연스럽고 태연자약한 모습에 적잖이 어리둥절해하고 있었다. 그런데 어느 날, 자베르의 의혹의 눈길을 확신으로 바꾸어주는 일이, 또한 마들렌 씨가 자베르의 수상한 태도를 의식할 수밖에 없는 일이 벌어졌다. 그날 그러면 어떤 일이 벌어졌던 것인가?

어느 날 마들렌 씨가 몽트뢰유쉬르메르의 포장되지 않은 골목길을 지나가고 있었다. 떠들썩한 소리가 들려서 고개를 들어보니 저쪽에 한 무리의 사람들이 모여 있었다. 그는 무슨 일인가 싶어 그곳으로 갔다. 그곳으로 가보니, 포슐르방 영감이라는 늙은이가 말이 거꾸러지는 바람에 마차 아래로 떨어져 깔려 있었다. 그는 제법 학식도 있는 공증인이었는데 점점 몰락해서 살기 위해 마차꾼이 된 외톨이 노인이었다.

말은 두 허벅다리가 부러져 일어나지 못했고 두 바퀴 사이에 낀 노인의 가슴을 마차가 짓누르고 있었다. 마차에는 꽤 무거운 짐이 실려 있었다. 비통한 신음소리를 내는 영감을 사람들이 끌어내려 했으나 헛수고였다. 함부로 달려 들었다가는 오히려 마차가 주저앉아 그를 아예 죽여버릴 수도 있었다. 마들렌 씨가 그것을 보고 말했다.

"아직은 수레 밑으로 들어가서 등으로 밀어 올릴 여유는 있겠소. 자, 누구 용기 있는 사람 없소? 루이 금화 다섯 닢을 주겠소."

100프랑의 거금이었지만 누구도 나서지 않았다.

"10루이 주겠소. 아니 20루이!"라고 마들렌 씨가 말했다. 사람들은 모두 눈을 내리 깔고 있었다. 그때 누군가가 말했다.

"마음이 없어서가 아니지."

마들렌이 뒤를 돌아보니 자베르였다. 자베르가 마들렌에게 말했다.

"마들렌 씨, 당신이 요구하는 일을 할 만한 사람은 내가 알기론 딱 한 명밖에 없습니다."

마들렌은 등골이 오싹했다.

자베르는 무심한 듯 마들렌 씨에게서 눈을 떼지 않은 채 말했다.

"그는 툴롱 형무소의 죄수였습니다."

마들렌 씨의 안색이 변했다. 전날 비가 온 탓에 땅은 질퍽질퍽했고 그사이 마차는 점점 더 땅속으로 빠져 들어가고 있었다. 포슐르방 영감은 헐떡거리며 "사람 살려!"라고 고함을 질러대고 있었다.

마들렌 씨는 고개를 들었다. 그는 여전히 자신에게서 눈을 떼지 않고 있는 자베르의 독수리 같은 눈을 맞받더니 사람들을 바라보고 서글픈 듯 웃음을 흘렸다. 그런 뒤 말 한마디 없이 무릎을 구부리고는 군중들이 깜짝 놀라 소리칠 겨를도 없이 마차 밑으로 들어갔다.

기대와 침묵의 무서운 순간이 흘렀다. 마들렌 씨가 양쪽 팔꿈치와 무릎을 한데 모으고 땅에 거의 엎드리다시피 하여 마차를 들어 올리려 했지만 마차는 꿈쩍도 하지 않았다. 사람들은 모두 마들렌을 보고 나오라고 아우성이었으며 포슐르방 영감까지도 자기를 포기하고 밖으로 나가라고 외쳤다. 그 사이 마차가 더 주저앉아 이제 마들렌 씨도 마차 밑에서 나오기란 거의 불가능해 보였다.

순간, 그 육중한 마차가 움직이기 시작했다. 마차가 서서히 위로 들어 올려지더니 마차 바퀴가 절반쯤 바퀴자국 밖으로 나왔다. 마들렌 씨는 숨 막히는 목소리로 외쳤다.

"자, 서둘러요. 다들 도와줘요."

모두들 달려들었다. 한 사람의 고귀한 희생정신에 모두들 힘과 용기를 얻었다. 여러 사람들이 힘을 합쳐 마차를 들어 올렸고 포슐르방 영감은 구출되었다.

마들렌 씨는 일어났다. 땀을 비 오듯 흘리고 있었고 얼굴은 창백했다. 옷은 다 찢어진 채 엉망이 되어 있었다. 모두들 울었다. 포슐르방 영감은 그의 무릎에 입을 맞추고 그를 하느님이라고 불렀다. 마들렌 씨는 뭔지 알 수 없는 행복에 젖은 모습, 신성한 고통의 표정을 하고 있었다. 그는 여전히 그를 바라보는 자베르를 평온한 표정으로 응시했다.

포슐르방 영감은 마차에서 떨어질 때 무릎 뼈가 어긋났다. 마들렌 씨는 그를 병실로 데려가게 했다. 그가 공장 안에 노동자들을 위해 마련해 놓은 병실이었다. 이튿날 아침 포슐르방 영감은 침대 옆 작은 탁자 위에서 1,000프랑짜리 수표와 쪽지를 발견했다. 쪽지에는 이렇게 쓰여 있었다.

'내가 귀하의 마차와 말을 매수합니다.'

마차는 이미 부서지고 말은 이미 죽은 뒤였다.

포슐르방은 곧 쾌유했다. 그러나 무릎 관절이 굳어져버린 채였다. 그는 더 이상 마차몰이를 할 수 없었다. 마들렌 씨는 수녀들과 사제들의 추천을 받아 그를 파리 생탕투안 구역에 있는 어느 수녀원의 정원사로 취직시켜주었다.

그로부터 얼마 후 마들렌 씨는 시장에 임명되었다. 마들렌 씨가 시장의 띠 휘장을 찬 모습을 보고 자베르는 전율을 느꼈다. 그는 주인의 몸에서 나는 늑대의 냄새를 알아챈 개와 같았다. 그때부터 그는 가능한 한 마들렌 씨를 피했다. 직무상 부득이 시장과 만나야할 때면 지극히 공손하게 시장을 대했다.

팡틴이 고향으로 돌아온 것은 바로 그 무렵이었다. 아무도 그녀를 기억하는 사람은 없었다. 다행히 그녀는 마들렌 씨의 공장에서 일자리를 얻을 수 있었다. 팡틴에게는 완전히 새로운 일이었고 그녀는 일에 서툴렀다. 그래서 그녀의 하루 품삯이 변변치 않았다. 하지만 그것만으로도 충분했고 코제트를 위한 돈을 벌 수 있었다. 어쨌든 밥벌이는 할 수 있게 된 것이었다.

팡틴은 작은 방 하나를 얻어 앞으로 돈을 벌어 갚기로 하고 외상으로 가구들을 갖추었다. 옛날 대학생들과 방종하게 놀던 때의 버릇이 아직 남아 있었던 것이다. 그녀는 거울을 사서 자기의 젊음과 아름다움을 거기에 비춰보며 즐거워했고 코제트와 함께 살게 될 미래를 그리며 행복해했다. 하지만 자기가 결혼했다고 말할 수는 없었기에 자기의 어린 딸 이야기가 나올까봐 무척 조심했다.

그녀는 처음에는 테나르디에가 요구하는 돈을 꼬박꼬박 부쳤다. 그녀는 자기 이름밖에 쓸 줄 몰랐기 때문에 부득이 대서인을 시켜 편지를 써야만 했다. 그러나 자주 편지를 쓰다보니 사람들 눈에 띄었다. 작업실의 여자들이 그녀가 자주 편지를 쓴다, 뭔가 수상하다며 수군거리기 시작했다. 세상에는 자기에게는 하등 관계가 없는 일인데도 기를 쓰고 남을 엿보는 사람들이 있다. 채워지는 건 겨우 호기심뿐, 아무것도 없으면서 남의 뒤를 캐면서 본능적으로 즐거워하는 사람들이 있다. 참으로 한심한 사람들이다. 게다가 그녀의 금발과 새하얀 이를 시기하는 여공들도 많았다.

결국 팡틴이 정기적으로 편지를 쓰는 곳의 주소를 한 여자가 알아냈고 팡틴에게 딸이 있다는 것도 알아냈다. 팡틴이 공장에 온 지 1년이 넘었을 때였다. 그 여자는 작업실 여 감독에게 그 사실을 일러바쳤고 여 감독이 어느 날 팡틴을 불렀다.

여 감독은 시장님이 주시는 것이라며 팡틴에게 50프랑을 내주고는 이제 이 작업장에 그만 나오라고 말했다. 그리고 시장님의 분부이니 이 고장에서 떠나라고 전했다. 테나르디에가 매달 송금하는 돈을 12프랑에서 15프랑으로 올린 때의 일이었다. 여 감독은 시장님이 자신을 신뢰한다는 것을 믿고 전권을 휘두른 것이었다.

팡틴은 망연자실했다. 그녀는 공장에서 쫓겨날 수밖에 없었다. 하지만 그곳을 떠날 수는 없었다. 방세와 가구에 대한 빚이 있었기 때문이었다. 50프랑으로는 모자랐다. 그녀의 딱한 사정을 알고 시장님을 만나보라고 권한 사람도 있었지만 그녀는 감히 그러지 못했다.

팡틴은 하녀 노릇을 하려고 이 집 저 집 찾아가보았다. 하지만 아무도 그녀를 원하지 않았다. 그렇다고 그 고장을 떠날 수도 없는 몸이었다. 괴상망측한 가구를 외상으로 판 고물상이 그녀가 달아나면 도둑년으로 고발하겠다고 으름장을 놓았기 때문이다. 그녀는 50프랑을 집주인과 고물상에게 나누어 주고 침대만 남겨놓은 채 가구의 대부분을 고물상에게 돌려주었지만 아직 약 100프랑의 빚이 남아 있었다.

그녀는 그곳에 주둔하고 있던 수비대들의 내의를 기우는 일을 해서 하루에 12수씩 벌었다. 그런데 딸에게는 하루에 10수씩 보내주어야 했다. 그 무렵부터 그녀는 테나르디에에게도 빚을 지기 시작한 셈이다. 그녀는 철저한 궁핍 속에서 살았다. 그런 그녀를 향해 사람들은 손가락질을 했다. 그녀는 차츰 빈궁과 멸시에 익숙해져갔다.

팡틴이 해고당한 것은 겨울이 끝날 무렵이었다. 여름이 가고 겨울이 다시 왔다. 날은 짧고 일거리는 줄어들었다. 벌이가 너무 적었다. 그녀는 빚쟁이에게 계속 시달리고 있었다. 테나르디에로부터는 연속으로 돈을 보내라는 독촉 편지가 왔다. 어느 날 어린 코제트가 이 추운 날 헐벗고 있다, 털 스커트가 한 벌 필요하니 10프랑은 보내줘야겠다는 편지가 왔다. 팡틴은 머리털을 자르고 10프랑을 받았다. 그것으로 털실로 짠 스커트를 하나 사서 테나르디에에게 부쳤다. 테나르디에가 몹시 화가 난 것은 물론이다. 그가 필요로 한 것은 털실 스커트가 아니라 돈이었으니 당연했다.

그러던 어느 날 테나르디에로부터 이런 편지가 왔다.

> 코제트는 지금 이곳에서 유행 중인 병에 걸렸소. 속립진열이라고 하는 병이오. 비싼 약이 필요하오. 1주일 내에 40프랑을 송금하지 않으면 이 어린애는 살아날 가망이 없소.

그녀는 무작정 밖으로 나왔다. 그녀가 광장을 지날 때 많은 사람들이 이상하게 생긴 마차 하나를 둘러싸고 있었다. 마차 지붕 좌석에 붉은 옷을 입은 사나이가 서서 뭐라고 한참 지껄이고 있었다. 떠돌아다니는 돌팔이 치과 의사로서 틀니와 가루약, 강장제 물약을 사람들에게 팔고 있었다. 그의 우스갯소리에 사람들이 웃었고 팡틴도 자기도 모르게 웃음을 띠었다. 돌팔이 치과 의사는 웃고 있는 여자를 보고 외쳤다.

"거기 그 처녀! 당신 이가 참 곱소. 앞니 두 개를 내게 판다면 하나에 나폴레옹 금화 한 닢씩 드리겠소."

팡틴은 결국 앞니 두 개를 뽑고 40프랑을 받았다. 그녀는 그 돈을 몽페르메유에 보냈다. 독자도 다 짐작하겠지만 코제트는 병을 앓고 있지 않았다.

이제 팡틴은 거울을 창밖으로 내던져 버렸다. 그녀에게는 이제 침대도 없었다. 남아 있는 것이라고는 이불이라고도 할 수 없는 누더기 하나와 마루에 깔아놓은 짚으로 된 요, 짚이 다 빠져버린 의자 하나뿐이었다. 그녀는 수치심을 잃었으며 맵시를 부릴 생각은 하지도 않았다. 마지막 징조였다. 빚쟁이들은 그녀에게 야료를 부리고 쉴 틈을 주지 않았다. 그녀는 숱한 밤을 울면서 지새우고 생각에 잠겨 지냈다. 눈은 이상하게 반짝거렸고 왼쪽 어깨뼈 위로 통증을 느꼈다. 기침도 잦아졌다. 그녀는 마들렌 씨를 무척 원망하고 미워했지만 불평을 하지는 않았다. 그녀는 하루에 열일곱 시간씩 바느질을 했지만 청부업자가 헐값에 여죄수들에게 일거리를 주는 바람에 하루 품삯이 9수로 줄었다.

그 무렵 테나르디에로부터 100프랑을 당장 보내지 않으면 코제트를 밖으로 쫓아낼 수밖에 없다는 편지가 왔다. 빚쟁이들은 그녀를 매일 핍박하고 있었다. 그녀는 자기가 쫓기고 있는 것 같았고 자신 안에서 무슨 짐승 같은 것이 자라고 있는 것 같았다. '100프랑? 하루에 100수씩 벌어도 어렵겠네. 그렇지만 그런 일이 어디 있겠어?'

'에라 모르겠다. 마지막 남은 것까지 팔아버리자.'

이 불행한 여자는 창녀가 되었다. 그것도 사람들에게 멸시를 받는 창녀가 되었다. 그녀에게는 아무것도 남아 있지 않았다. 그녀는 모든 일에 무관심하고 체념했다. 어느 날 그녀는 거리에서 어떤 건달과 싸움을 했다. 그리고 자베르에게 체포를 당했다. 사내가 먼저 팡틴에게 시비를 걸었고 그녀가 모른 척해버리자 그녀의 거의 벌거벗듯이 한 등에 한 줌의 눈을 집어넣은 것이다. 팡틴는 홱 돌아서서 표범처럼 뛰어 사내에게 달려들더니 끔찍한 욕설을 퍼부우며 사내의 얼굴을 할퀴었다. 둘은 한동안 엎치락뒤치락했는데 발길로 차고 때리는 쪽은 주로 팡틴이었고 사내는 땅바닥을 뒹굴며 몸부림치고 있었다. 바로 그때 군중 속에 있던 자베르가 그녀를 붙잡았다. 자베르가 보기에 그 건달은 선량한 시민이었고 팡틴은 선량한 시민에게 피해를 입힌 범죄자였다.

자베르는 그녀를 파출소로 데려갔다. 파출소로 들어간 팡틴은 한쪽 구석에 겁먹은 암캐처럼 몸을 웅크린 채 말없이 가만히 있었다. 자베르는 책상에 앉더니 호주머니에서 도장이 찍힌 종이 한 장을 꺼내 무언가 쓰기 시작했다. 다 쓰고 난 후 그는 서명을 하고 종이를 접어 당번 순경에게 건네주면서 말했다.

"부하 셋을 데리고 이 여자를 감옥에 집어넣고 와."

그는 팡틴 쪽으로 몸을 돌리고 말했다.

"너는 6개월 감옥살이다."

이 불행한 여자는 몸을 떨었다.

“6개월! 감옥에 6개월! 코제트는 어떻게 하라고! 우리 딸은! 우리 딸은! 형사님, 제게는 아직 100프랑의 빚이 있어요. 형사님 제발!”

그러면서 그녀는 감옥에서 하루에 버는 7수의 돈으로는 딸을 맡아놓고 있는 테나르디에 부부에게 돈을 보낼 수 없다, 그렇게 되면 그들이 자기 딸을 길거리로 내쫓을 것이라고 울부짖었다. 그녀는 형사의 코트 안자락에 숨겨진 자베르의 손에 입을 맞추며 사정했다. 아마 돌로 된 심정이라도 감동시켰을 것이다. 하지만 자베르의 마음에는 아무 소용이 없었다.

자베르는 등을 돌렸다. 병사들이 애원하는 그녀의 팔을 잡았다.

그런데 파출소 안에는 몇 분 전부터 누군가가 들어와 있었으나 아무도 그에게 주의를 기울이지 않고 있었다. 그는 파출소 안으로 들어온 뒤 문을 닫고 문에 기대어 서서 팡틴의 절규를 듣고 있었다. 병사들이 그녀의 팔을 잡는 순간 그가 어둠 속에서 앞으로 나서며 말했다.

“잠깐!”

자베르가 눈을 들었다. 마들렌 시장이 그곳에 있었다. 자베르는 모자를 벗고 좀 화가 난 듯이 어색하게 인사했다.

"죄송합니다, 시장님."

시장이라는 단어가 팡틴에게 야릇한 효과를 발휘한 것 같았다. 그녀는 땅에서 솟아난 유령처럼 몸을 벌떡 일으키더니 두 팔로 병사들을 밀어내고 제지할 사이도 없이 똑바로 마들렌에게 걸어가 그를 빤히 쳐다보더니 외쳤다.

"옳거니! 그래 시장이라는 게 바로 너로구나!"

그러고는 한바탕 깔깔거리더니 그의 얼굴에 침을 뱉었다. 그러고는 그를 향해 온갖 저주의 말을 퍼부었다.

마들렌 씨는 손수건으로 얼굴을 닦은 후 자베르를 향해 말했다.

"자베르 형사, 이 여자를 석방해주시오."

자베르는 순간 아무 생각도, 아무 말도 할 수 없었다. 그가 보기에 매춘부가 시장 얼굴에 침을 뱉는다는 것은 상상만으로도 신성모독에 해당되는 일이었다. 그런데 그가 조용히 그녀를 석방해주라고 말하다니! 도대체 이들의 관계는 무엇이란 말인가?

그는 시장에게 저항했다.

“시장님, 안 됩니다. 이 고약한 년은 한 선량한 시민을 모욕했고 방금 시장님을 모욕했습니다.”

“내가 받은 모욕은 내가 용서해줄 수 있소.”

“시장님, 죄송합니다. 이 여자는 시장님을 모욕한 것이 아니라, 법을 모욕했기에 벌을 받아야 합니다. 저는 법의 이름으로 이 여자를 구속해야 합니다.”

“자베르 형사, 형사 소송법 9조와 11조에 의하면 시장인 내가 이 사건의 재판관이 될 수 있소. 나는 이 여자를 석방하도록 명하오. 내 명을 거역하려면 불법 감금에 관한 1799년 12월 31일자 법률 제81조를 명심하기 바라오.”

“그렇지만 시장님…….”

“더 이상 아무 말 말고 나가시오.”

충격을 받은 자베르는 머리가 땅에 닿도록 인사를 한 후 나가버렸다.

그사이 팡틴도 커다란 충격에 사로잡혀 있었다. 팡틴은 자신이 대립되는 두 권력자 사이의 다툼감이 되었음을 알았다. 한 사람은 자기를 암흑으로 끌고 가려 하고 있고 한 사람은 자신을 광명 쪽으로 데려가려 하고 있었다. 두 거인 중 한 사람은 악마처럼 말을 하고 있었고 또 한 사람은 천사처럼 말을 하고 있었다. 그리고 천사가 악마를 이겨냈다!

그녀는 전율했다. 이 천사가 바로 자신이 허구한 날 저주했던 마들렌 시장이라니! 그를 무지막지하게 모욕한 바로 그 순간에 자기를 구해주다니! 그녀는 알 수 없는 힘에 감염되어 떨고 있었다. 마들렌 씨가 한 마디 한 마디 할 때마다 무시무시한 암흑이 가슴속에서 무너져내리는 것을 느꼈다. 그리고 말로 표현하기 어려운 그 무엇, 희열과 신뢰, 또는 사랑 같은 것이 가슴속에서 태어나는 것을 느꼈다.

마들렌이 그녀에게 가까이 오더니 말했다.

"당신의 빚을 다 갚아주겠소. 아이도 불러주리다. 아니면 당신이 아이에게 가도 좋소. 내가 모든 것을 다 책임지겠소. 원한다면 일을 안 해도 좋소. 필요한 돈은 내가 다 주겠소. 당신은 다시 행복하고 정숙한 여자가 되시오. 아니, 취소하겠소. 당신 말이 다 사실이라면 당신은 결코 순결을 더럽힌 적이 없소. 오, 가여운 여인!"

그의 말은 가련한 팡틴에게는 너무나 벅찬 것이었다. 코제트와 함께 산다! 이 더러운 생활에서 벗어난다! 궁핍에서 벗어나서 자유롭게 살 수 있다! 행복하고 정숙하게 코제트와 함께 살게 되다니! 비참의 한복판에서 갑자기 천국이 꽃피어나다니!

그녀는 그런 말을 하는 사람을 얼빠진 듯 바라보며 "오! 오! 오!"라고 흐느낄 수밖에 없었다. 그녀는 저절로 다리가 굽어지며 마들렌 씨 앞에 무릎을 꿇었다. 그리고 그의 손을 잡고 입을 맞추었다.

그런 뒤 그녀는 기절해버렸다.

자베르

마들렌 씨는 팡틴을 자기 집 안에 있는 의무실로 옮기게 했다. 수녀들이 그녀를 돌보았다. 그녀는 한동안 헛소리를 하더니 잠에 빠져들었다.

마들렌 씨는 하루에 두 번씩 그녀를 보러 왔고 그때마다 팡틴은 그에게 물었다.

"우리 코제트를 곧 보게 될까요?"

그녀의 상태는 조금도 좋아지지 않았다. 오히려 나날이 더 악화되어가는 것 같았다. 마들렌 씨가 의사에게 물었다.

"어떻습니까?"

"이 여자가 보고 싶어 하는 어린아이가 있지요?"

"있습니다."

"그렇다면 빨리 불러오도록 하세요."

마들렌 씨는 몸이 오싹했다.

팡틴이 그에게 물었다.

"의사 선생님이 뭐라고 하세요?"

마들렌 씨는 억지로 웃음을 지었다.

"아이를 빨리 불러오라고 하시네요. 그러면 병이 나을 거라고. 사람을 보내서 코제트를 데려오게 하리다. 아니면 내가 직접 가든가."

모든 사정을 알게 된 마들렌 시장은 벌써 여러 번 테나르디에에게 코제트를 보내달라고 편지를 보냈었다. 그때마다 테나르디에는 이런저런 핑계로 돈을 요구했다. 마들렌 시장이 벌써 1,000프랑 가까이 보내주었건만 테나르디에는 아이를 보내주지 않았다. 아이가 돈벌이가 된다는 것을 안 판국에 그가 그 아이를 놓아줄 리 없었다.

그러는 사이 아주 중대한 사건 하나가 일어났다.

어느 날 아침 마들렌 씨는 자기가 직접 몽페르메유로 코제트를 데리러 가야 하겠다고 마음먹고 급한 일들을 처리하고 있었다. 그때 자베르가 찾아와서 면담을 요청했다. 그 이름을 듣고 마들렌 시장은 불쾌감을 감출 수 없었다. 파출소 사건 이후로 자베르는 그를 피하고 있었기에 마들렌 시장은 그를 볼 수 없었다.

"들어오라고 하시오." 그가 말했다.

자베르가 들어왔다. 방으로 들어온 자베르는 생각에라도 잠긴 듯 잠시 말이 없었다. 이윽고 그가 입을 열었다.

"시장님, 범죄 행위가 있었습니다."

"범죄행위라니요?"

"관청의 한 하급관리가 행정관에게 불경한 짓을 저질렀습니다."

"그 관리가 누구고, 행정관은 누구요?"

"하급관리는 바로 저이고, 행정관은 시장님입니다. 시장님, 저는 당국에서 저를 파면해주시도록 시장님께 간청하러 왔습니다."

마들렌 시장은 의자에서 몸을 벌떡 일으켰다.

"파면이라니? 도대체 무슨 말이오?"

자베르는 긴 한숨을 내쉬고는 냉정하면서도 슬픈 어조로 말했다.

"시장님, 6주 전 그 여자 사건이 있은 후 저는 격분해서 시장님을 고발했습니다."

"고발? 나를?"

"네, 파리경찰청에 고발했습니다."

"시장이 경찰권을 침해했다 이건가?"

"아닙니다. 전과자로서 고발했습니다. 저는 시장님을 장 발장이라는 자로 착각하고 있었습니다."

시장의 안색이 변했다. 자베르가 이어서 말했다.

"그는 20년 전 제가 툴롱에서 간수보로 있을 때 본 적이 있는 죄수입니다. 형무소에서 나온 뒤 장 발장은 어느 주교의 집에서 도둑질을 한 것 같고, 그런 뒤 길에서 굴뚝 청소부 소년에게서 돈을 강도질했습니다. 그는 8년 전 자취를 감추었고 아무도 그가 어떻게 되었는지 몰랐습니다. 저는 시장님을 그로 착각하고 그만 고발해버렸습니다."

마들렌은 침착하게 되물었다.

"그래, 회답은 받았소?"

"제가 미쳤다는 회답이 왔습니다. 그리고 그 말이 옳았습니다. 진짜 장 발장이 잡혔으니까요."

마들렌 시장이 들고 있던 서류가 손에서 떨어졌다. 그는 고개를 들어 자베르를 바라보며 뭐라 표현하기 어려운 표정으로 가벼운 신음을 내뱉었다. 자베르가 말을 계속했다.

"사정을 모두 말씀드리겠습니다. 아이르오클로셰 근처의 시골에 샹마티외 영감이라는 늙은이가 있었던 것 같습니다. 최근에 양조용 사과를 훔치다가 체포되었지요. 경범죄였지요. 그런데 그곳 감옥 상태가 안 좋아서 그를 아라스 도립 형무소로 이송하게 되었습니다. 그 아라스 형무소에 모범수로서 감방 문지기를 하고 있는 브르베라는 죄수가 있었습니다.

그런데 시장님, 샹마티외가 수레에서 내리자마자 브르베가 그를 알아보았습니다. 그가 말했습니다. '아니 이럴 수가! 자네 장 발장 아닌가?' 물론 샹마티외는 시치미를 떼었지만 브르베는 확실히 장 발장이라고 단언했습니다. 더 깊이 파본 결과 그가 장 발장인 게 틀림없다는 결론이 났습니다. 더욱이 그와 함께 형무소에 있었던 두 종신수를 데려다 대질을 했더니 그들은 그가 장 발장이 틀림없다고 증언했습니다. 쉰넷으로 나이도 같고, 키도 같고 생김새도 같고 결국 틀림없는 장 발장입니다. 그렇게 장 발장이 체포되었는데 제가 시장님을 장 발장이라고 고발했으니 제가 미쳤다는 답이 온 게 당연하지요. 예심판사가 저보고 직접 와서 보고 확인하라고 편지를 보내서 제가 가보았습니다. 판사가 제 앞에 상마티외를 끌고 왔습니다."

"그래서?" 장 발장이 말을 끊었다.

"사실이었습니다. 저 역시 그를 알아볼 수 있었습니다. 진짜 장 발장이 틀림없었습니다. 시장님 용서해주십시오. 저는 파면되어야 합니다."

"아니오, 자베르, 당신은 명예를 존중하는 사람이오. 당신 잘못을 너무 지나치게 과장할 필요 없소. 자베르, 당신은 파면이 아니라 승진해야 마땅한 사람이오. 자, 이제 가보시오."

"저는 조금도 과장하는 것이 아닙니다. 저는 시장님을 부당하게 의심했습니다. 하지만 의심 자체가 잘못된 것은 아닙니다. 의심을 하는 건 저희 경찰의 권리이지요. 그러나 아무 증거도 없이, 단지 화가 났다는 이유만으로 시장님을 죄수라고 고발한 건 중대한 죄입니다. 정부의 관리인 제가 정부를 모욕한 것과 마찬가지입니다. 그런 저를 제가 벌하지 않는다면 저는 범죄자들에게 가혹하게 대할 수 없습니다.

저는 시장님이 저를 친절하게 대해주시기를 원치 않습니다. 부하가 상관에 대해 무슨 짓을 하건 그를 옳다고 하는 친절은 나쁜 친절입니다. 사회질서가 문란해지는 것은 그런 친절 때문입니다. 그렇습니다! 친절하기는 쉽지만 공정하기는 어렵습니다. 만일 시장님이 제가 생각했던 사람이었다면 저는 절대로 시장님에게 친절하지 않았을 겁니다.

시장님, 저는 다른 사람을 대하듯이 저를 대해야 합니다. 저는 실수하는 자들을 가차 없이 처벌했습니다. 그런데 제가 실수를 저질렀습니다. 저를 해고하고 파면하십시오! 그래야 마땅합니다. 아직 두 팔이 있으니 땅을 파서 먹고살면 됩니다."

자베르는 겸손하면서도 당당한 어조로, 절망적이면서도 자신만만한 어조로 말했다. 비범할 정도로 정직한 그 모습은 그에게 뭔지 알 수 없는 위대함을 부여했다.

"나중에 봅시다." 마들렌 시장이 말했다.

"시장님, 내일 장 발장에 대한 재판이 열립니다. 판결이 나기까지 길어봤자 하루면 될 겁니다. 저도 가서 진술을 해야 합니다. 암튼 시장님, 저를 파면시키십시오. 저는 제 후임이 올 때까지만 일을 보겠습니다."

그는 나갔다. 마들렌 시장은 멀어져가는 그의 씩씩한 발소리를 들으며 생각에 잠겨 있었다.

샹마티외 사건

독자들은 마들렌 씨가 장 발장이라는 것은 말 안 해도 이미 알았을 것이다. 우리는 이미 장 발장의 깊은 양심을 들여다본 적이 있다. 이제 또 한 번 그 깊은 속을 들여다볼 기회가 왔다.

저 프티제르베 사건 이후 장 발장에게 무슨 일이 있었는가에 관해서는 독자들이 알고 있는 사실 외에 더 덧붙일 것이 없다. 우리가 보았듯이 그는 딴사람이 되었다. 단순히 변한 것이 아니라 말 그대로 아예 다른 사람이 된 것이다.

이제 그는 평화와 희망 속에 살면서 단 두 가지 생각만을 자신 안에 품고 있었다. 그중 하나는 자신의 이름을 감추는 것이었고 다른 하나는 자신의 삶을 성스럽게 만드는 것이었다. 달리 말한다면 인간들을 피하고 하느님께 귀의하는 것 그것만이 그의 생각이었다. 그래서 그는 고독하게 살면서 사람들에게 은혜를 베풀 수 있었다. 그리고 다른 사람들을 위해 희생할 수도 있었다. 그 두 가지 생각은 그의 정신 속에서 하나가 되어 아무 갈등 없이 함께할 수 있었다.

하지만 이번 일은! 그는 심한 갈등을 겪을 수밖에 없었다. 자베르가 사무실에 들어와 이야기를 시작했을 때 그는 이미 그것을 깊이 깨닫고 있었다. 그토록 깊이깊이 파묻어두었던 그의 이름이 그의 입에서 나왔을 때 그는 가혹한 자신의 운명 앞에 망연자실했고, 대지진에 앞서 오는 진동을 느꼈다. 또한 뇌성벽력을 실은 검은 구름이 머리 위를 덮치는 것 같은 느낌에 젖었다.

자베르의 이야기를 들으면서 맨 먼저 그의 머리에 떠오른 것은 빨리 달려가 자수하고 그 샹마티외를 감옥에서 꺼낸 후 자신이 감옥에 갇히자는 생각이었다. 그것은 산 채로 살점을 에는 듯한 날카로운 고통이었다. 그는 그 고통이 가시자 최초의 그 갸륵한 충동을 억누르고 뒷걸음질 쳤다. 자기보존 본능이 그의 내부에서 꿈틀거렸다.

그는 자기 집 방으로 돌아가 상념에 잠겼다. 잠시 생각에 잠겨 있던 그는 뭔가 알 수 없는 불안감에 의자에서 일어나 문에 빗장을 걸어 잠갔다. 잠시 후 그는 등불도 불어서 꺼버렸다. 누가 자기를 볼지도 모른다 싶었다. 누가? 사람이? 아니다. 그가 내쫓고 싶어 했던 것이 들어와 있었다. 그 눈을 가리고 싶었던 것이 그를 바라보고 있었다. 그의 양심이. 그의 양심, 즉 하느님이.

하지만 그는 아직 그 양심을 제대로 바라보지도 못했고 그 목소리를 듣지도 못했다. 그의 귀에는 자신이 그토록 지우고자 했던 장 발장의 이름만 울리고 있었다. 그는 갑자기 촛불을 켰다. 그리고 생각했다.

'내가 왜 이렇게 괴로워하는가? 내가 무엇을 두려워하는가? 이제 내 과거가 들어올 수 있는 단 하나의 문이 닫혔다. 저 무시무시한 사냥개, 자베르도 완전히 길을 잃고 말았다. 그는 이제 나를 내버려둘 것이다. 녀석은 내 곁에서 사라질 것이다. 그리고 나는 거기에 아무 관련이 없다. 이것은 분명 하느님의 뜻이다. 하느님이 정하신 것을 내가 막을 권리가 있는

가? 만사는 이미 결정되었다. 내가 할 수 있는 일은 아무것도 없다. 하느님의 손에 맡겨두자.'

하지만 그의 내부에서의 싸움은 계속되었다. 그에게 미리엘 주교의 얼굴이 떠올랐다. 주교는 그의 양심이었고 구원이었다. '그래, 가서 가짜 장 발장을 해방하고 진짜 장 발장을 고발해야 한다. 내가 죄수 장 발장이 되는 것이 진정으로 내가 부활하는 것이며 지옥의 문을 영원히 닫는 일이 될 것이다. 그러지 않는다면 내 일생은 아무런 의미가 없는 것이 되지 않겠는가?'

그는 자수하기로 결심했다. 아, 애달픈 운명이여! 인간들의 눈앞에서 치욕을 겪지 않고는 하느님의 세계로 들어갈 수 없는 그 가련한 운명!

그때였다. 그에게 팡틴의 얼굴이 떠올랐다. 그는 생각했다.

'아, 나는 이제까지 내 생각밖에 안 했구나. 자수를 하여 죄수가 될 것인가, 아니면 시장으로서 계속 살아갈 것인가, 내 생각만 했구나. 내 양심에게만 물어보았구나. 내가 자수한다면 그녀는 어찌 될 것인가? 내가 먹여 살린 그 많은 가난한 사람들은 어쩌란 말인가? 내가 자수를 안 한다면 상마티외가 대신 감옥에 갈 것이다. 하지만 그는 도둑질을 했다. 그는 감옥에 갈 만한 짓을 했다. 그래, 나는 여기 남아야 한다. 남아서 10년 후 1,000만 프랑을 벌어 이 지방 모든 사람들에게 도움을 주자. 나는 한 푼도 갖지 말자. 내가 자수 안 하는 것은 나를 위해서가 아니다. 샹마티외는 결국 한 명의 도둑놈인데 그를 구하기 위해 한 지방 전체가 파멸해야 한단 말인가? 한 가엾은 여자가 병원에서 죽고 가엾은 소녀가 길 위에서 죽어야 한단 말인가? 아아, 나는 하마터면 어리석게 자수를 할 뻔했구나. 그래, 나는 양심의 가책을 느끼겠지. 하지만 내가 양심의 가책을 느낀다고 치자. 남들의 행복을 위해 양심의 가책이라는 고통을 스스로 떠안은 셈이 아닌가? 그것도 남을 위해 헌신하는 것이 아니겠는가?'

그는 스스로 장 발장과의 인연을 완전히 끊고 마들렌 시장이 되기로 결심했다. 그리고 자기를 과거와 연결시키는 증거를 모두 없애기로 결심했다. 그는 호주머니를 뒤져 작은 열쇠를 하나 꺼냈다. 그리고 벽 속에 감추어놓은 장을 열쇠로 열었다. 그는 거기서 그의 옛 흔적들, 누더기와 지팡이와 배낭을 꺼냈다. 그리고 그 모든 것들을 불 속에 집어 던졌다. 배낭이 모두 타버리자 재속에서 무언가 반짝이고 있었다. 굴뚝 청소부 소년에게서 빼앗은 40수짜리 은화였다.

그는 그쪽은 쳐다보지도 않고 방안을 왔다갔다 했다. 순간 벽난로 위에서 반짝이는 은촛대가 그의 눈에 들어왔다. 그는 두 촛대를 잡았다. 그는 그것들을 녹여버리기 위해 불 가까이 가져갔다.

순간, 자신의 내부에서 이상한 목소리가 들려왔다. 그의 머리칼이 곤두섰다.

'장 발장! 오냐, 잘한다! 어서 해라! 어서 그 촛대를 녹여라. 주교를 잊어라. 모든 것을 잊어라! 샹마티외를 죽여라! 그를 너로 오인받고 죽게 해라. 너는 시장으로 머물며 존경을 받아라. 이 도시를 먹여 살려라. 가난한 사람들을 도와라. 칭송을 받으며 행복하게 살아라. 그동안 네가 입을 붉은 죄수복을 입고 쇠사슬을 끄는 자가 있으리라! 정말 잘된 일 아닌가? 이, 불쌍한 장 발장아!'

그의 이마에서 땀이 흘렀다. 그 목소리는 계속되었다.

'네 주변에서 많은 목소리가 너를 칭송할지 몰라도 어둠 속에서 단 한 목소리가 너를 저주하리라. 그래! 잘 들어라, 파렴치한이여! 네가 받는 축복과 칭송은 결코 하늘에 이르지 못하

리라. 오직 저주만이 주님에게까지 올라가리라!'

이제 그의 귀에는 우렁찬 양심의 목소리만 울렸다. 그는 기진맥진해서 그 자리에서 쓰러져버렸다. 거의 다섯 시간 동안 그는 방 안을 서성이고 있었던 것이다. 그는 그대로 잠에 빠져들었다.

저녁 8시쯤이었다. 이륜마차가 아라스 우체국 호텔 정문 앞에 도착했다. 나그네가 마차에서 내려 새벽 1시에 몽트뢰유쉬르메르로 돌아갈 마차를 예약한 후 우체국 여관을 나섰다. 그는 아라스 거리를 잘 알지 못했다. 그때 한 시민이 초롱을 들고 길을 가는 게 보였다. 그는 시민에게 다가가 길을 물었다.

"말씀 좀 묻겠습니다. 재판소가 어딘지 알려주시겠습니까?"

시민이 친절하게 길을 일러주어 그는 재판소로 들어갈 수 있었다. 넓은 재판정으로 들어가니 사람들이 여럿 있었고 법복을 입은 변호사들이 여기저기 모여 수군거리고 있었다.

그는 법원 정리(廷吏)에게 다가가서 물었다.

"법정 문이 곧 열리나요?"

"아뇨, 안 열립니다."

"아니, 재판이 곧 열릴 것 아니요?"

"그렇지만 문은 안 엽니다. 법정이 만원입니다. 이제 아무도 못 들어갑니다."

정리는 잠시 말을 끊었다가 다시 말했다.

"재판장님 뒤에 아직 좌석이 두세 개 있습니다만, 그 자리에는 공무원만 앉을 수 있습니다."

그는 수첩을 꺼내 몇 자 적더니 그것을 정리에게 주면서 말했다.

"이걸 재판장님께 갖다주시오."

그 쪽지에는 이렇게 적혀 있었다.

'몽트뢰유쉬르메르 시장 마들렌.'

얼마 후 그는 정리를 따라 어느 엄숙한 분위기의 방으로 안내되었다. 정리는 그를 그곳에 두고 가면서 말했다.

"여기가 평의실입니다. 저 문을 열고 들어가시면 법정 안 재판장 자리 뒤로 곧장 가시게 됩니다."

드디어 최후의 순간이 왔다. 그는 벽을 바라보고 이어서 자신을 바라보았다. 그리고 운명의 방에 바로 자기 자신이 와 있다는 것을 보고 놀랐다. 그는 스물네 시간 이상 아무것도 먹지 않았고 마차에 흔들려 지칠 대로 지쳐 있었다. 하지만 그는 아무것도 느끼지 못했다.

순간 그는 마치 그 무엇엔가 이끌리듯 그가 들어왔던 문을 향했다. 그리고 문을 열고 밖으로 나갔다. 그는 법정 바깥 복도에 있었다. 그는 귀를 기울였다. 아무 소리도 들리지 않았다. 그는 부르르 몸을 떨며 식은땀을 흘렸다. 그는 이대로 나가버리자는 유혹에 흔들렸다.

그렇게 15분 정도 흘렀을까. 그는 심호흡을 하고 다시 돌아섰다. 그는 천천히 기진맥진한 것처럼 걸었다. 흡사 도망가다가 다시 붙잡혀 끌려오는 사람 같았다. 그는 다시 회의실로 들어갔다. 그는 번들번들한 구리 손잡이를 뚫어져라 바라보았다. 그는 거기서 눈을 뗄 수 없었다. 그는 경련하듯 손잡이를 잡았다. 문이 열렸다.

그는 법정 안으로 들어왔다.

법정은 어두침침하고 넓었다. 때로는 온 방 안이 왁자지껄 시끄러운가 하면 때로는 쥐 죽은 듯 고요했다. 군중은 아무도 그에게 주의를 기울이지 않았다. 모든 시선은 재판장 왼쪽의

나무 벤치에 집중되어 있었다. 촛불들이 그곳을 밝히고 있었고 두 헌병 사이에 한 사내가 앉아 있었다.

그는 그 사내를 바라보았다. 마치 자신의 늙은 모습을 보는 것 같았다. 게다가 증오심에 불타면서 디뉴로 들어가던 자신의 모습 그대로였다. 그는 바르르 떨면서 생각했다.

'아아, 나는 또다시 저렇게 될 것인가?'

지난날의 자신의 모습들이 악몽처럼 펼쳐졌다. 그 모든 것이 되살아나 그의 앞에서 입을 벌리고 있었다. 그는 무서웠다. 그는 눈을 감아버렸다. 잠시 후 그는 평정을 찾았다. 다행히 그는 판사들 책상에 쌓인 서류들 뒤에 몸을 감출 수 있었다. 이제 그는 사람들 눈에 띄지 않고 법정을 둘러볼 수 있었다.

그가 들어왔을 때는 피고 측 변호인이 변론을 끝내가고 있을 때였다. 검찰의 기소내용은 다음과 같았다.

"피고는 과실을 훔친 절도범일 뿐 아니라 오래전부터 당국에서 수배 중이던 장 발장이라는 강도요, 보호관찰을 위반한 재범이요, 지극히 극악무도한 자다. 그는 8년 전 툴롱 형무소에서 출옥하자마자 굴뚝 청소부 소년에게 대로상에서 강도짓을 했으며 최근에 절도를 행했으니 이는 재범에 해당된다. 그러므로 우선 이 새로운 범죄에 대하여 처벌하고 옛 범죄에 대해서는 차후에 처벌할 것이다."

어이없는 「기소문」과 증인들의 일치된 증언에 피고는 놀란 것 같았다. 그는 아무것도 모르는 백치 같았고 완전히 낯선 곳에 와 있는 이방인 같았다. 만약에 동일인임이 인정되어 프티 제르베 사건까지 유죄로 판결나면 징역은 고사하고 사형까지도 가능할 것 같은 판국이었다.

변호사의 변론은 훌륭했지만 그가 전과자라는 사실을 부인하지는 못했다. 자베르를 포함한 네 명의 증인도 샹마티외가 장 발장이라고 서슴없이 증언했다. 변호사는 그가 장 발장이라는 사실이 그가 사과를 훔쳤다는 확실한 증거가 될 수 있느냐고 변호를 했을 뿐이었다.

변론을 마무리할 때가 되자 재판장이 피고를 기립시키고 더 할 말이 없느냐고 물었다. 그는 입을 열고 이런저런 말을 했지만 모두 횡설수설일 뿐이었다. 그의 말이 끝나자 검사가 재판장에게 말했다.

"재판장님, 피고는 마치 자신이 백치인 것처럼 보여 우리를 기만하려 하고 있습니다. 그리고 자신이 장 발장이 아니라고 극구 우기고 있습니다. 우리는 그와 함께 지냈던 죄수 브르베와 코스파유와 슈닐디외, 그리고 자베르 형사를 이 자리에 불러 다시 한 번 그가 전과자 장 발장과 동일인인지 아닌지 신문해주시기를 요청합니다."

그러자 재판장이 말했다.

"하지만 자베르 씨는 1차 진술이 끝난 후 공무 때문에 법정을 떠났소. 검사도 동의한 것으로 알고 있는데."

"아, 옳습니다, 재판장님. 그럼 자베르 씨가 이 자리에 없으므로 그가 한두 시간 전에 바로 이 자리에서 진술한 바를 배심원 여러분께 상기시켜드릴 필요가 있다고 생각합니다. 그는 다음과 같이 진술했습니다.

'저는 피고의 말을 반박할 물질적 증거조차 필요로 하지 않습니다. 저는 이 자를 잘 알고 있습니다. 그의 이름은 샹마티외가 아니라 장 발장입니다. 극히 악질적이고 가공할 전과자입니다. 그는 가중된 죄로 19년의 징역을 살았습니다. 프티제르베를 상대로 한 절도와 과수원에서의 절도 외에도 작고하신 디뉴의 주교 예하 댁에서 도둑질을 했으리라 의심하고 있습니다. 저는 툴롱 교도소에서 이 사나이를 여러 번 보아서 잘

알고 있음을 알려드립니다.'

이 간결한 진술은 방청객들과 배심원들에게 깊은 감명을 준 것 같았다. 이어서 증인들이 차례로 들어와 샹마티외가 장발장이 맞다고 진술했다. 그들의 단정적인 진술이 있을 때마다 방청객들 사이에서는 피고의 유죄를 확신하는 수군거림이 있었다. 피고는 증언을 듣는 동안 내내 놀란 얼굴을 하고 있을 뿐이었다.

증언이 끝나자 재판장이 피고에게 물었다.

"피고, 다 들었지요. 무슨 할 말이 있소?"

그러자 그가 말했다.

"참 잘들 하는구려."

그의 말에 방청석에 웅성거림이 일었다. 그 사나이가 절체절명의 위기 상황에 빠진 것은 불을 보듯 뻔했다.

재판장이 말했다.

"경비원, 조용히들 시키시오. 이제 변론을 종결하겠소."

바로 그때였다. 재판장 바로 옆에서 누군가가 움직였다. 그러더니 고함소리가 들렸다.

"브르베, 슈닐디외, 코스파유! 여길 보게."

그 목소리를 들은 사람들은 모두 심장이 얼어붙는 것 같았다. 그만큼 비통했고 무시무시했다. 사람들의 시선이 일제히 목소리가 들리는 쪽으로 향했다. 판사들 뒤에 앉아 있던 특별 방청인 중 한 사람이 일어서서 판사석과 법정을 갈라놓고 있는 칸막이 문을 밀고 나서더니 법정 한가운데 섰다. 재판장과 검사 등 많은 사람이 그의 모습을 알아보고 한꺼번에 외쳤다.

"마들렌 시장님!"

그는 재판장과 검사가 미처 말을 꺼내기도 전에, 사람들이 아직 마들렌 씨라고 부르고 있는 그 사람은 세 증인 쪽으로 걸어갔다. 그리고 그가 말했다.

"당신들, 나를 몰라보겠소?"

세 사람은 당황하여 모르겠다고 고개를 가로저었다. 코슈파유는 엉겁결에 거수경례를 했다. 마들렌 씨는 배심원들과 판사들 쪽으로 돌아서서 조용한 목소리로 말했다.

"배심원 여러분, 피고를 석방해주십시오. 재판장님, 저를 포박해주십시오. 당신들이 찾고 있는 사람은 저 사람이 아니라 바로 저입니다. 제가 장 발장입니다."

모두들 숨을 죽이고 있었다. 무덤처럼 고요했다. 일종의 종교적 공포감 비슷한 것이 법정에 있는 모든 사람들을 사로잡고 있었다. 정신을 차린 검사가 의사를 찾았다. 마들렌 씨를 집으로 모시고 가서 진찰을 해보라는 부탁을 하기 위해서였다.

그러자 마들렌 씨가 자신은 결코 미치지 않았다며 세 죄수 쪽으로 돌아섰다.

"이보게, 나는 자네들을 다 알아보겠는데 자네들은 나를 모른단 말인가? 브르베, 자네는 형무소에서 바둑판무늬로 짠 바지 멜빵을 갖고 있었지? 슈닐디외, 자네는 스스로에게 주니디외라는 별명을 붙였지. 자네 오른편 어깨에는 온통 불에 지진 자국이 패어 있지? 그렇지? 그리고 코슈파유, 자네는 왼쪽 팔에 화약으로 지진 날짜가 적혀 있을 거야. 황제가 칸에 상륙한 날짜로 1815년 3월 1일이지. 소매를 걷어봐."

모두들 어안이 벙벙한 채 고개를 끄덕였고 코스파유는 소매를 걷었다. 그러자 마들렌, 아니 장 발장이 말했다.

"잘 보셨지요. 저는 장 발장입니다."

법정 안에는 더 이상 판사도, 검사도, 헌병도 없었다. 있는 것은 오로지 한곳에 못박힌 시선과 감동에 젖은 마음뿐이었다. 재판장도 검사도 변호사도 자기들이 왜 그곳에 있는지 잊었다. 모든 사람들의 얼을 사로잡고 모든 사람들을 단순한 목격자로 만드는 장엄한 광경이었다. 하지만 아무도 거기서 위대한 빛이 빛나고 있음을 알아차리지는 못했으리라. 하지만 모두들 마음속으로 경탄하고 있었다.

장 발장은 말을 이었다.

"저는 더 이상 법정을 교란하고 싶지 않습니다. 지금 당장 저는 할 일이 많아서 이만 가보겠습니다. 검사님, 검사님은 제가 어디에 있을지 아실 것이고 언제고 저를 체포하실 수 있을 것입니다."

말을 마친 그는 문 쪽으로 걸어갔다. 아무도 말을 하지 않았으며 아무도 그를 제지하지 않았다. 그는 나갔고 문이 다시 닫혔다. 한 시간도 못 되어 배심원단이 샹마티외의 무죄를 평결했고 그는 즉시 석방되었다.

고백 이후

날이 새기 시작하고 있었다. 팡틴은 즐거운 환상을 잔뜩 안고 잠을 이루지 못한 채 열에 들뜬 하룻밤을 보냈다. 시장님이 직접 코제트를 데려오리라고 믿은 것이다. 아침에야 그녀는 잠이 들었다.

마들렌 시장이 그녀가 누워 있는 의무실에 들렀다. 그는 조용히 그녀의 모습을 내려다보았다. 그때 그녀가 눈을 뜨고는 조용히 말했다.

"그런데 코제트는요?"

그는 팡틴의 팔을 잡고 말했다.

"코제트는 정말 예쁘더군. 잘 지내고 있소. 곧 만나보게 해주리다. 하지만 무엇보다 진정해야만 하오. 그렇게 큰 소리로 말하고 팔을 밖으로 내놓고 있으니 자꾸 기침을 하는 거지."

실제로 그녀가 말 한마디 할 때마다 기침이 말을 끊고 있었다. 그녀는 손가락을 꼽아보기 시작했다.

"하나, 둘, 셋, 넷……. 지금 일곱 살이네. 5년만 지나면 하얀 베일을 씌우고 나이롱 양말을 신겨야지. 자그마한 숙녀처럼 보일 거야."

그러면서 그녀는 웃기 시작했다. 마들렌 씨는 팡틴의 손을 놓았다. 그는 아래를 내려다보며 한없는 생각에 잠겨 마치 바람소리에 귀를 기울이듯 그녀의 말을 듣고 있었다. 그녀가 갑자기 말을 멈추었다. 그는 기계적으로 고개를 들었다. 팡틴은 무서움에 질린 얼굴을 하고 있었다.

그녀는 더 이상 말도 하지 않았고 숨도 쉬지 않았다. 그녀는 침대 밖으로 상반신을 절반 정도 일으키고 있었다. 조금 전까지도 기쁨에 빛나던 그녀의 얼굴은 창백했으며 눈앞에 무슨 무시무시한 것을 보고 있는 것 같았다. 그녀의 눈은 두려움으로 휘둥그레졌다.

마들렌 씨는 뒤를 돌아보았다. 자베르가 그곳에 있었다.

마들렌 씨의 시선과 자베르의 시선이 마주쳤을 때 자베르는 꼼짝하지 않았고 마들렌 씨에게 다가오지도 않았다. 하지만 그는 무시무시한 모습이었다. 인간의 그 어떤 감정도 기쁨만큼 무시무시해질 수는 없는 법이다. 그것은 지옥에 막 떨어진 자를 노려보며 기뻐하는 악마의 얼굴이었다. 그는 처음부터 자신이 틀리지 않았다는 자부심에 미소 짓고 있었다. 그 좁은 이마 위에 승리감이 만발해 있었다.

팡틴은 마들렌 시장이 자신을 자베르에게서 빼준 날 이후로 그를 한번도 본 적이 없었다. 그녀는 그가 자기를 다시 찾으러 온 줄 알고 겁에 질린 것이다. 장 발장(우리 이제부터 그에게서 마들렌이라는 이름은 치워버리자)은 그녀를 안심시켰다.

"안심해요. 저 사람은 당신 때문에 온 게 아니니."

그 모습을 보고 자베르가 장 발장에게 큰 소리로 말했다.

"자, 어서."

그의 목소리에 팡틴이 눈을 크게 떴다. 그리고 정말 기괴망측한 모습을 보고 말았다. 자베르가 시장의 멱살을 잡았고 시장이 고개를 숙인 것이다. 그녀에게는 세상이 무너지는 것만 같은 광경이었다.

"어머나, 시장님!"

"여기 더 이상 시장은 없다."

장 발장은 자신의 프록코트를 잡고 있는 손을 치우려 하지도 않았다.

그가 자베르에게 나지막이 말했다.

"이보시오, 당신에게 특별한 부탁이 하나 있소."

"큰 소리로 말해! 내게 아주 큰 소리로 말하란 말이다."

"하지만 당신만 들어야 할 이야기라서."

"나와 무슨 상관이냐? 말하지 마! 듣지 않을 테니."

장 발장이 자베르 쪽으로 몸을 돌리며 낮은 목소리로 재빨리 말했다.

"사흘만 여유를 주시오. 이 가엾은 여자의 아이를 데리러 가게 사흘만 여유를 주시오. 당신이 같이 따라가도 좋소."

"사흘을 달라고! 농담하나? 달아나게 사흘을 달라고? 저 계집의 새끼를 데리러 간다 이거지? 참, 기찬 일이로군!"

그 말을 듣고 팡틴이 소리쳤다.

"내 아이를 찾으러 간다고요! 그럼 그 애는 여기 없군요."

팡틴은 침대에서 벌떡 상반신을 일으켰다. 그녀는 장 발장과 자베르를 보고 무슨 말이라도 하려는 듯 입을 열었다. 하지만 그르렁거리는 소리만 나고 입이 덜덜 떨렸다. 그러다가 물에 빠진 사람처럼 두 팔을 뻗고 휘젓다가 베개 위에 쓰러져 버렸다. 그녀는 그대로 숨을 거두었다.

장 발장은 자기를 붙잡고 있는 자베르의 손을 어린애 손 치우듯 치우고는 그에게 말했다.

"당신이 이 여자를 죽였소."

"그만둬. 병사들이 아래 있으니 얌전히 내려갈 생각이나 해."

장 발장은 방 한구석에 있는 철제 침대에서 굵은 쇠막대기를 뽑아냈다. 그의 힘으로는 식은 죽 먹기였다. 자베르는 문 쪽으로 물러섰다.

"잠시 나를 방해하지 마시오."

그는 팡틴에게 몸을 구부리고 무언가 말했다. 과연 무슨 말을 했을까? 그것을 들은 사람은 아무도 없다. 하지만 마치 기적처럼 팡틴의 얼굴에 이루 형언할 수 없는 미소가 떠오른 것 같다는 이야기는 해주어야겠다.

장 발장은 두 손으로 팡틴의 머리를 들어 아기를 누이는 어머니처럼 고이 눕혀주었다. 그리고 그녀의 눈을 감겨주었다.

그 순간 팡틴의 얼굴이 이상하게 빛나는 것 같았다. 장 발장은 무릎을 꿇고 팡틴의 손에 가만히 입을 맞추었다. 그는 가만히 속삭였다.

"내 꼭 약속을 지키리다."

그는 그런 후 일어서서 자베르 쪽으로 몸을 돌렸다.

"이제 당신 마음대로 하시오." 그는 말했다.

자베르는 장 발장을 시 형무소에 수감했다. 마들렌 씨의 체포는 몽트뢰유쉬르메르에 놀라움을 불러일으켰다. 아니, 차라리 시 전체를 진동시켰다고 보는 게 옳을 것이다. 하지만 '그는 전과자다'라는 한 마디에 모든 사람들이 그에게서 등을 돌렸다는 슬픈 사실을 숨길 수 없다. 두 시간도 못 가서 그의 선행은 모조리 잊혔고 그는 단지 전과자일 뿐이었다. 서너 명만 그에 대한 기억을 간직하고 있을 뿐 마들렌 씨라고 불렸던 사람은 몽트뢰유쉬르메르에서 유령처럼 완전히 사라졌다.

그런데 그 서너 명 중의 한 명에게 장 발장이 다시 나타났다. 그를 시중 들던 문지기 노파였다. 그녀는 마들렌 씨가 평소에 집으로 돌아오던 시각이 되자 무의식적으로 마들렌 씨가 평소에 열쇠를 걸어두던 못에 열쇠를 걸었다. 그녀는 두어 시간이 지나서야 제정신이 들어 외쳤다.

"아니, 내 정신 좀 봐. 그분 열쇠를 못에 걸어두다니! 이제 그분은 안 계신데."

그때였다. 수위실 유리창이 열리더니 손 하나가 불쑥 들어왔다. 그리고 열쇠를 집어 문을 열었다. 그녀는 그 손과 팔을, 그 프록코트를 알고 있었다. 그것은 마들렌 씨였다.

"아이고, 시장님. 저는 시장님께서 지금……."

"그렇소 감옥에 있었소. 창살을 부수고 지붕에서 뛰어내려 이렇게 온 거요. 할 일이 있어서 온 거요. 가서 수녀님 좀 불러오시오."

그는 자기 방으로 올라가더니 두 개의 은촛대를 헝겊으로 쌌다. 잠시 후 수녀가 왔다. 장 발장은 몇 줄 글을 적은 쪽지를 수녀에게 건넸다.

"이걸 신부님께 전해주시오. 읽어도 좋소."

수녀는 쪽지를 읽었다.

'여기 두고 가는 모든 것을 신부님께서 보살펴주시기 바랍니다. 그중에서 제 소송비와 오늘 운명한 여자의 매장비를 지

불해주시고 나머지는 가난한 사람들에게 베풀어주시기 바랍니다.'

한 시간 후 한 사나이가 안개 낀 숲을 지나 파리 방향으로 황급히 몽트뢰유쉬르메르를 지나가고 있었다. 그 사나이는 장발장이었다. 그가 지나가는 것을 본 수레꾼 두세 명의 증언에 의해 그가 꾸러미 하나를 몸에 지녔고 작업복을 입고 있었다는 것이 밝혀졌다.

팡틴은 편히 잠을 자듯 공동묘지에 묻혔다. 그녀의 무덤은 그녀의 침대 같았다.

제2부

코제트

워털루

1815년 6월 17일과 18일 밤에 비가 오지 않았다면 유럽의 미래는 달라졌으리라. 비가 와서 땅이 젖는 바람에 전투는 11시 30분이 되어서야 시작되었고 그 덕분에 프로이센군이 도착할 시간을 벌 수 있었다. 나폴레옹은 포병장교였고 그의 모든 작전 계획은 포병 위주로 짜였다. 워털루 전쟁 당시 웰링턴은 백쉰아홉 문의 대포밖에 없었는데 반해 나폴레옹은 이백마흔 문의 대포를 가지고 있었다. 땅이 젖지 않았다면 나폴레옹은 아침 9시에 대포를 이동시킬 수 있었을 것이며 프로이센군에 의해 전세가 역전되기 전에 전투는 끝났으리라.

여기서 길게 워털루 전투에 대해 이야기하는 것은 본령에서 벗어난다. 어쨌든 나폴레옹의 추락은 결정되어 있었고 그 때문에 세계의 얼굴이 바뀌었다. 나폴레옹의 군대는 결국 사방에서 패주했다. 그것은 운명의 날이었다. 전에 유럽을 정복했던 사람들이 어둠 속에서 운명의 무서움을 느끼며 무너져 내렸다. 그래도 나폴레옹의 근위병들은 방어진지를 쌓고 끝까지 버텼다.

밤이 되어도 그들은 까딱도 않고 포위에 몸을 맡겼다. 저녁 9시 무렵 몽생장 고원의 기슭에도 그런 근위병의 방어진지가 하나 있었다. 영국군은 그 진지를 점령하고 저항하던 프랑스군을 몰아냈다.

1815년 6월 18일 밤에는 보름달이 떠 있었다. 마지막 포성이 울리고 난 후 몽생장 벌판에는 사람 그림자 하나 없었다. 그것으로 끝인가? 아니다. 그 다음에 그곳에서 추악한 짓이 벌어진다. 전쟁에는 추악함이 뒤따르기 마련인 것이다. 무슨 말인가? 승리 뒤에는 반드시 도둑들이 온다는 것이다.

어느 군대에나 꼬리가 있다. 절반은 도둑이고 절반은 하인인 박쥐 같은 자들. 싸우지도 않으면서 군복을 입은 자들이 바로 그들이다. 꾀병 앓는 자들, 여편네와 함께 수레를 타고 다니며 술을 밀매하고 훔친 것을 파는 무허가 상인들, 얼쩡거리는 날치기들, 안내자가 되겠다고 나서는 거지들이 바로 그들이다. 그들은 이탈리아 말을 하면서 독일군을 따라다니고 프랑스 말을 하면서 영국군을 따라다닌다.

군대 뒤를 따르는 약탈자가 많고 적으냐는 부대장이 엄히 그것을 다스리느냐 아니냐에 달려있다. 웰링턴은 엄격했다. 누구든 현행범으로 잡히면 총살하라는 명령을 그는 내렸다. 그럼에도 불구하고 약탈은 끈덕지게 벌어졌다. 도둑놈들은 전장 한쪽에서는 총살을 당하고 또 다른 한쪽에서는 여전히 약탈을 감행하고 있었다. 6월 18일과 19일 사이의 밤에도 전사자들은 약탈을 당했다.

달빛이 그 고요한 들판을 처량하게 비추고 있었다. 사방에 말들과 사람들의 시신이 즐비했다. 한밤중에 한 사나이가 오앵의 움푹한 길에서 얼쩡거리고 있었다. 아니다. 차라리 기어다니고 있었다고 하는 편이 옳을 것이다. 아무리 보아도 좀 전에 말한 도둑의 하나였다. 그는 때때로 걸음을 멈추고 누가 보고 있지나 않은지 주변을 살펴보고는 얼른 몸을 구부려 무언가를 뒤적거렸다. 그러고는 잽싸게 다른 곳으로 사라지는 모습이 마치 유령 같았다.

그가 갑자기 걸음을 멈추었다. 그의 앞 몇 걸음 떨어진 곳에서 무언가 달빛을 받아 반짝거리는 것이 보인 것이다. 자세히 보니 말들과 사람들 시체 밑에 손이 하나 밖으로 나와 있었고 그 손에서 금반지가 반짝이고 있었다. 사나이는 잠시 몸을 쪼그렸다 일어났다. 그러자 그 손에서 금반지가 사라졌다.

정확히 말한다면 그는 벌떡 일어난 것이 아니다. 그는 경계하는 태도로 양손으로 상반신을 받친 채 머리를 길 위로 내밀고 동정을 살폈다. 마치 네발을 지닌 동물 같았다.

아무도 없는 것을 알자 그는 쑥 일어서려 했다. 순간 그는 움찔했다. 뒤에서 누가 붙잡는 것 같았다. 그는 뒤를 돌아보았다. 그가 방금 반지를 빼낸 손이 그의 외투자락을 움켜쥔 것이다.

정직한 사람이라면 질겁했을 것이다. 하지만 그는 웃기 시작했다.

"이런, 이건 시체일 뿐이야. 난 헌병보다는 시체를 더 좋아하거든."

잠시 후 손은 힘이 빠져 그를 놓아버렸다. 그러자 그 사내가 중얼거렸다.

“뭐야, 이 시체가 아직 살아 있는 거야?”

그는 다시 몸을 구부려 시체 더미를 헤쳤다. 그는 방해가 되는 것을 치운 후 손을 붙잡고, 팔을 움켜쥐고 머리를 빼내고 몸뚱이를 끄집어냈다. 그리고 잠시 후, 그는 숨이 끊어졌는지 기절한 것인지 모르겠는 사람 하나를 길가 그늘로 끌고 갔다.

자세히 보니 기갑부대 장교였고 그것도 대단히 계급이 높았다. 얼굴에는 칼에 맞은 듯 칼자국이 나 있었고 온통 피투성이였다. 그의 눈은 감겨 있었다. 그리고 그의 가슴에는 레지옹 도뇌르 은성 훈장이 달려 있었다. 약탈자는 그 훈장을 떼내어 외투 아래 차고 있는 주머니에 넣었다. 그런 뒤 장교의 조끼 주머니를 더듬어 회중시계와 지갑을 찾아내서는 자기 호주머니에 넣어버렸다.

그 약탈자가 죽어가던 장교에게 완전히 자기 식으로 구원의 손길을 뻗치고 있을 때, 그 장교가 눈을 떴다. 밤의 냉기가 그를 혼수상태에서 깨어나게 해준 것이다. 그가 말했다.

“고맙소.”

약탈자는 대답하지 않았다. 약탈자는 머리를 들었다. 발소리가 들판에서 들린 것이다. 아마 순찰병이 다가오고 있었던 것이리라. 장교는 고통스런 목소리로 중얼거렸다.

"내 호주머니 속을 찾아보시오. 지갑과 시계가 거기 있을 거요. 그걸 주겠소."

약탈자는 주머니를 뒤지는 시늉을 했다.

"아무것도 없는데요."

"누가 훔쳐간 거요. 거참, 당신이 가져야 하는데……."

순찰병 발소리가 한층 또렷하게 들렸다. 약탈자가 달아나려는 몸짓을 하자 장교는 겨우 팔을 들어 그를 붙잡았다.

"당신은 내 목숨을 살렸소. 당신은 누구요?"

약탈자는 황급히 대답했다.

"나도 프랑스 군인이었소. 이제 가야 합니다. 나는 잡히면 총살이요. 내가 당신 목숨을 살렸소. 나머지는 당신이 알아서 하시오."

"당신 계급이 뭐요?"

"중사요."

"이름은?"

"테나르디에요."

"그 이름 잊지 않겠소. 당신도 내 이름을 기억해두시오. 내 이름은 퐁메르시요."

군함 오리옹

장 발장은 다시 체포되었다. 그 가슴 아픈 사연을 자세히 이야기하는 것은 독자들을 괴롭히는 일일 것이다. 대신 그 사연과 관련된 짤막한 신문기사를 소개하는 것으로 만족하기로 하자. 「파리일보」에 실린 기사다.

> 바르의 한 중죄 재판소에 출두한 장 발장이라는 한 전과자는 여러 면에서 주목할 만하다. 이 악당은 교묘히 경찰의 눈을 피해, 이름을 바꾼 후 북부 한 소도시의 시장으로 임명되는 데 성공했다. 그는 그 도시에서 꽤 중요한 사업가가 되었다. 그런데 경찰의 끈질긴 노력으로

그의 정체가 드러났고 결국 체포되었다. 그는 매춘부 하나를 첩으로 두고 있었는데 그 여자는 그가 체포되었을 때 충격을 받아 죽었다. 이 죄인은 비상한 힘의 소유자로, 감옥에서 탈주를 했으나 경찰은 탈주 사흘 후 그를 파리에서 체포했다. 죄인이 몽페르메유 마을로 가는 작은 마차에 오르려던 순간이었다. 그는 그 사나흘간의 자유를 틈타 프랑스 주요 은행에 예금해두었던 막대한 돈을 인출했다고 한다. 그 액수는 60만 내지 70만 프랑으로 추정된다. 「기소문」에 의하면 그는 그 돈을 자기 외에는 아무도 모르는 곳에 파묻었다고 하는데, 아무도 그것을 찾아낼 수 없었다.

이 장 발장이라는 자에게는 8년 전 길거리에서 한 어린 아이의 돈을 강탈했다는 죄명이 추가되었고, 그가 남부 지방 어느 도적 떼의 일당이라는 것도 밝혀져, 그는 사형선고를 받았다. 이 도둑은 자기 변호를 하지 않았으며 항소도 하지 않았다. 국왕은 무한한 관용을 베푸시어, 사형선고를 무기징역으로 감형하셨다. 장 발장은 즉시 툴롱 형무소로 이송되었다.

장 발장은 9430호 죄수가 되어 툴롱 형무소에 수감되었다.

그해, 그러니까 1823년 10월 말경, 군함 오리옹호가 툴롱 항구로 들어왔다. 폭풍우를 만나 파손된 곳을 고치기 위해서였다. 오리옹호는 해군 조선소 옆에 정박한 채 수리를 받았다. 거대한 군함이 항구에 들어왔다는 것은 도시 전체를 떠들썩하게 만든 큰 사건이었고 구경거리였다. 그래서 수리를 받고 있는 오리옹호 주변에는 언제나 구경꾼들로 들끓었다.

그러던 어느 날 군중들은 오리옹호에서 사고가 난 것을 목격하게 되었다.

선원들이 돛을 올리고 있었다. 그때 우현 큰 중간 돛의 위쪽 귀퉁이를 잡고 있던 선원이 균형을 잃었다. 그가 비틀거리는 것을 보고 둑에 모여 있던 군중들이 비명을 질렀다. 선원은 머리를 아래로 처박고 활대를 빙 돌아서 바다 쪽으로 떨어지다가 한 손으로 돛 아래쪽 밧줄을 잡더니 두 손으로 대롱대롱 매달렸다. 그의 아래로는 눈이 아찔하게 깊은 바다가 입을 벌리고 있었다.

그를 구하려면 무서운 위험을 무릅써야만 했다. 선원들은 모두 갓 징발된 바닷가 어부들이어서 아무도 감히 그런 모험을 하려 하지 않았다. 그동안 불행한 일을 당한 선원은 지쳐가고 있었다. 누가 보기에도 기진맥진해 있는 모습을 분명하게 알 수 있었다.

그때였다. 한 사나이가 살쾡이처럼 날쌔게 돛대 위로 올라가는 것이 보였다. 그는 붉은 옷을 입고 있었다. 죄수였다. 푸른 모자를 쓰고 있는 것으로 보아 무기 징역수였다. 그가 돛대의 장루(檣樓) 위에 오르자 바람이 불어 모자가 날아가고 백발이 성성한 머리가 보였다. 그는 젊은이가 아니었다.

그는 배안에서 노역을 하고 있던 죄수들 중 하나였다. 사고가 나자 그는 당직 사관에게 달려가 자기가 선원을 구조하겠다고 간청했고 사관이 허락했다. 그는 자기 발 족쇄에 달린 쇠망치를 단숨에 쳐부수고는 밧줄 하나를 집어 들고 돛대 줄로 올라간 것이다.

눈 깜짝할 사이에 그는 활대에 올라가 있었다. 그는 활대 위를 달렸다. 끄트머리에 이르자 그는 가지고 간 밧줄의 한쪽 끝을 그곳에 맨 후, 한쪽 끝을 내려뜨리더니 밧줄을 타고 내려가기 시작했다. 사람들은 불안해서 동요하기 시작했다. 이제 한 사람이 아니라 두 사람의 목숨이 위험에 처한 셈이었기 때문이다.

죄수는 선원 옆까지 줄을 타고 미끄러져 내려가는 데 성공했다. 죄수는 한 손으로 줄에 매달린 채 다른 한 손으로는 선원을 밧줄로 꽁꽁 동여맸다. 그는 다시 활대로 올라가 선원을 끌어올렸다. 그는 선원을 무사히 구출한 후 돛대의 장루 안으로 들어가 그를 동료들에게 넘겨주었다.

군중들은 박수갈채했다. 눈물을 흘리는 늙은 간수들도 있었고 여자들은 서로 부둥켜안았다. 군중들은 흥분한 목소리로 "저 사람을 용서해줘라! 저 사람을 풀어줘라!"라고 소리쳤다.

죄수는 돛대 위에서 내려오기 시작했다. 그는 빨리 내려오려고 활대 위를 달리기 시작했다. 모든 이의 시선이 그의 움직임을 뒤따랐다. 그러던 중 사람들이 공포의 비명을 질렀다. 정신이 어지러웠던지 죄수가 주춤거리며 비틀거리다가 곧장 바다로 떨어진 것이다.

가엾은 죄수는 바로 옆에 정박해 있던 알제지라호와 오리옹호 사이로 추락했다. 그는 두 배 중 한쪽 밑으로 쓸려 들어갈 수밖에 없는 처지였다. 네 명의 사나이가 황급히 보트에 뛰어올라 구조에 나섰다. 하지만 사나이는 다시는 물 위에 떠오르지 않았다. 그는 물결 하나 일으키지 않고 바닷속으로 사라져 버렸다. 사람들이 물속에 들어가 뒤졌지만 허사였다. 시체조차 찾을 수 없었다.

이튿날 툴롱의 신문에 다음과 같은 몇 줄의 기사가 났다. 1823년 11월 17일자 신문이었다.

> 어제 오리옹호에서 노역을 하던 한 죄수가 선원 한 명을 구조하고 바다에 떨어져 익사했다. 그의 시체는 발견되지 않았다. 그 사나이의 수감 번호는 9430호이며 그 이름은 장 발장이다.

고인과 한 약속을 이행하다

몽페르메유는 리부리와 셸 사이에 위치해 있으며 우르크와 마른을 가르는 높은 고원이 남쪽 끝에 있다. 그곳은 숲속에 있는 작은 마을로 지대가 높았기에 물이 귀했다. 그래서 물을 구하려면 꽤 멀리까지 가야 했다.

그곳 어느 가정에서나 물을 구하는 것은 꽤 힘든 일이었다. 그곳 사람들은 한 통에 4분의 1수를 주고 물을 사먹었다. 한 노인이 물 긷는 일을 직업으로 삼고 있었는데 그는 여름에는 저녁 7시까지, 겨울에는 저녁 5시까지밖에는 일을 하지 않았다. 따라서 밤에 물이 필요하면 자기들이 물을 길러 가거나 참고 지내야만 했다.

독자들이 잊지 않았을 우리의 가엾은 코제트가 가장 두려워하는 일이 바로 그것이었다. 다들 기억하겠지만 코제트는 테나르디에에게 두 가지 면에서 쓸모가 있었다. 그중 하나는 그 어머니에게서 끊임없이 돈을 짜내는 일이었고 다른 하나는 그 아이를 하녀처럼 부리는 일이었다. 이제 그 애 어머니가 죽었으므로 그 애는 식모 노릇을 해야만 했다. 당연히 밤에 물이 필요해지면 그 애가 물을 길러 가야만 했다. 그 애는 집에 물이 떨어지지 않나 늘 신경을 곤두세웠다.

나는 이제까지 독자 여러분에게 테나르디에 부부의 됨됨이에 대해 간단하게 소개를 했다. 이제 그 인물들을 정식으로 똑바로 소개할 때가 되었다.

테나르디에는 겨우 50 고개를 넘었고 그의 아내는 40줄에 접어들고 있었다. 키 크고 금발이며 얼굴이 불그레하고 뚱뚱하게 살찐 그녀의 모습을 독자들은 아직 기억하고 있을 것이다. 그녀는 전형적인 시골뜨기였다. 그녀는 집에서 모든 일을 다 하고 있었다. 그녀는 빨래, 청소, 부엌일 등 모든 집안일을 비가 오나 눈이 오나 도맡아 했다. 그런 그녀에게 식모라고는 코제트밖에 없었다. 코끼리의 시중을 드는 생쥐, 바로 그 모습이었다. 그녀가 한번 소리치면 코제트뿐 아니라 유리창도, 가구도 모두 벌벌 떨었다.

그녀는 욕설을 기가 막히게 잘했고 호두를 주먹으로 단번에 깨뜨릴 수 있다고 사람들에게 자랑하기도 했다. 소설을 읽은 덕분에 이따금 희한한 멋쟁이 여자 모습으로 변신할 때도 있었는데, 그것만 아니었다면 아무도 그녀가 여자라고는 생각하지 않았을 것이다. 그녀가 이야기하는 모습을 보면 '헌병'이 아닌가 하는 생각이 들기도 했으며 술을 마시는 걸 보면 '마차 짐 몰이꾼' 같았고 코제트를 부려먹는 걸 보면 완전히 '냉혈 동물' 같았다.

남편 테나르디에는 키 작고 수척하고 창백했다. 앙상하게 마른 모습이 병약해 보였으나 실은 굉장히 튼튼한 사나이였다. 그리고 바로 그 점이 그의 협잡의 출발점이었다.

그는 언제나 조심성 있는 웃음을 띠고 있었고 누구에게나 공손했다. 거지에게조차 공손했다. 물론 돈 한 푼 거지에게 주는 적은 없었지만……. 그는 아무리 술을 마셔도 취하지 않을 정도로 술고래이기도 했다. 그는 가끔 유식한 척하며 스스로

유물론자라 칭했다.

그는 대단한 사기꾼이었다. 그는 군대에 복무했다고 주장한다. 워털루 전투에서 경기병 6연대의 하사관이었으며 빗발치는 총알 속에서 중상을 입은 장군 한 명을 구해냈다고 주장했다. 벽에 걸려 있는 번쩍거리는 간판그림과 '워털루의 중사 술집'이라는 그 집 이름은 거기서 유래했다고 주장한다.

이 혼합형 악당은 그 태생도 확실하지 않다. 그는 플랑드르에서는 플랑드르 사람이 되고, 파리에서는 프랑스 사람이 되고 브뤼셀에서는 벨기에 사람이 되는 등 편리하게 태생을 바꾸었다.

우리가 앞서 보았던 워털루 전쟁에서의 그의 모습은 그가 한밑천 잡기 위해 전쟁터로 나섰을 때의 모습이다. 그는 그 난리 통에 전쟁터를 얼씬 거리면서 훔치고 파는 도둑이자 무허가 상인 노릇을 하면서 제 말마따나 '한밑천' 장만했다. 그리고 몽페르메유에 와서 싸구려 음식점을 열었던 것이다.

테나르디에는 엉큼하고 욕심쟁이였으며 게으르고 영리했다. 겉보기에 아주 온건한 사람처럼 보였다. 그러나 이런 족속이 가장 악질에 속한다. 그런 자에게는 위선이 섞여 있기 때문이다. 어쨌든 그런 성격 외에도 그가 조심성 많고 통찰력이 있었으며 대단히 총명했음을 부인하기는 힘들다.

이 싸구려 식당에 들어오는 사람은 누구나 테나르디에 부인을 보고 "저 여자가 이 집 주인이로군"이라고 말했다. 하지만 잘못 안 것이다. 이 집 주인은 완전히 남편 테나르디에였다. 그녀는 안주인조차도 아니었다. 남편이 주인이자 안주인이었다.

그는 이 집을 지배했다. 말 한마디면 충분했으며 때로는 손짓 하나로도 충분했다. 그러면 코끼리 같은 아내는 두말없이 순종했다. 그 거대한 몸집의 여인이 이 빼빼 마른 남편에게 어떻게 그렇게 순종할 수 있었던 것일까? 그것은 저 보편적인 위대한 진실, 즉 정신에 대한 물질의 숭배 바로 그것이었다. 그는 정신이었고 그녀는 물질이었다.

이 남자는 단 한 가지 생각밖에 없었다. 부자가 되는 것! 그는 그것에 성공하지 못했다. 그 위대한 재능에 어울릴 만한 무대가 없었던 탓이었다. 스위스나 피레네 지방이었다면 이 무일푼의 사나이도 백만장자가 되었을 것이다. 하지만 이곳 몽페르메유에서는 도리가 없었다. 그는 파산하는 중이었다.

1823년 당시 그는 1,500프랑가량의 빚이 있어서 심한 독촉을 받고 있었다.

이 사내와 계집은 교활함과 억척스러움이 결합한 참으로 무섭게 이상적인 한 쌍이었다. 남편이 두루 생각하고 계략을 짜는 동안 아내는 어제 일도 내일 일도 걱정하지 않고 오직 순간순간에 열심이었다. 코제트는 그 둘 사이에서, 맷돌에 갈리면서 동시에 집게에 집히는 신세처럼 이중으로 시달리고 있었다. 코제트는 아내로부터는 몰매를 맞았고 남편 때문에 한겨울에도 맨발로 다녀야 했다.

어느 날 이 싸구려 하숙에 새로 네 명의 여행객이 도착했다. 이제 여덟 살밖에 안 된 코제트는 슬픈 생각에 잠겨 있었다. 코제트는 앞이 캄캄했다. 날이 어두워졌는데 손님이 들다니! 주전자와 물병에 물을 채워야 하는데 물독에 물이 떨어졌으니 어떡하나.

아니나 다를까, 테나르디에의 아내가 물이 없는 것을 발견했다. 코제트는 숨을 쉴 수조차 없었다. 아이는 심장을 쿵쿵거리며 하던 일을 계속하면서 빨리 아침이 왔으면 좋겠다는 생각을 했다. 다행히 새로 온 손님들은 술을 마시며 물을 찾지 않았다.

그때였다. 밖으로 나갔던 손님 한 명이 들어오며 투박한 목소리로 말했다.

"내 말에게 물을 안 주었군."

그 말에 코제트는 식탁 아래로 숨었다.

테나르디에의 아내가 "말이 물을 안 먹었으면 먹여야지요"라며 코제트를 찾았다.

"아니, 이놈의 계집애가 어디 갔지? 아니 거기 숨었어? 빨리 나오지 못해! 어서 가서 물을 길어와!"

그녀는 커다란 빈 물통을 집어 들어 코제트에게 주고는 문을 열었다. 그리고 코제트에게 15수짜리 동전을 주며 빵 하나를 사오라고 했다. 코제트는 앞치마 옆 주머니에 동전을 넣고 밖으로 나왔다. 그 애가 나오자 등 뒤로 문이 닫혔다.

물통을 들고 밖으로 나온 코제트는 테나르디에의 집 맞은편에 있는 장난감 가게 앞에서 잠시 걸음을 멈추었다. 그곳에는 높이가 두 자가량이나 되는 커다란 인형이 전시되어 있었다. 장밋빛 비단옷을 입은 금발 인형이었고 눈은 에나멜로 되어 있었다. 그곳을 지나가는 열 살 아래 어린아이들은 모두 그 인형에 넋을 잃곤 했다. 몽페르메유에는 그만한 것을 어린아이에게 사줄 만한 여유가 있는 어머니가 없었다. 테나르디에의 두 딸 에포닌과 아젤마도 그것을 들여다보느라 몇 시간을 보냈었고 코제트도 가끔 인형을 몰래 훔쳐보았었다. 그 애는 그 인형을 마님이라고 불렀다.

그 애는 모처럼 혼자서 그 인형을 실컷 바라보았다. 그 가게 전체가 그 애에게는 궁전이었고 그 인형은 인형이 아니라 환상이었다. 그것은 기쁨, 화려함, 부귀, 행복이었다. 그것은 이 가련한 어린아이에게 갑자기 나타난 찬란한 빛 같은 것이었다. 그 애는 인형에 홀려 모든 것을 잊고 있었다. 그때 등 뒤에서 갑자기 들려온 고함 소리에 그 애는 현실로 돌아왔다.

"아니, 저런 천치 같은 년을 봤나! 아직 게서 뭘 하고 있는 게냐!"

코제트는 물통을 집어 들고 샘이 있는 셸 쪽 숲을 향해 달리기 시작했다.

가면 갈수록 어둠은 짙어졌다. 코제트는 너무 무서웠다. 하지만 뒤에는 테나르디에 부인의 무서운 얼굴이 있었다. 그 애는 정신없이 앞을 향해 달렸다. 울고만 싶었다. 이윽고 숲에 도착했다. 더없이 짙은 어둠이 이 어린 것과 마주하고 있었다. 숲 언저리에서 샘까지는 7~8분 거리였다. 코제트는 낮에 와 보았기 때문에 그 길을 잘 알고 있었다. 신기한 일이지만 그 애는 길을 헤매지 않았다. 본능이 그 애를 샘으로 이끌었다.

코제트는 그 샘을 잘 알았다. 그 애는 한 손으로 구부러진 참나무 가지를 잡아 몸을 의지한 채 몸을 구부리고 통을 물속에 담갔다. 그사이 15수짜리 동전이 물속에 빠졌지만 코제트는 그것을 보지 못했고 소리도 듣지 못했다. 그 애는 거의 가득 찬 물통을 들어 올려 풀 위에 놓았다.

물을 길어 올린 코제트는 온몸에 힘이 빠져 꼼짝할 수도 없었다. 그 먼 곳을 달려와서 무거운 물통을 들어 올렸으니 당연한 일이었다. 할 수 없이 그 애는 풀 위에 쪼그리고 주저앉았다. 주위는 온통 어둠뿐이었다. 그 애는 본능적으로 숫자를 하나, 둘, 셋 하며 열까지 세기 시작했다. 그러자 비로소 주위가 어렴풋이 눈에 들어왔다. 물에 젖은 손이 시렸다. 코제트는 일어섰다. 다시 무서움이 밀려왔다. 그 애에게는 어서 이곳에서 달아나고 싶다는 생각밖에 없었다. 하지만 물통을 버리고 달아날 수는 없었다. 그 애는 두 손으로 물통 손잡이를 잡았다. 너무 무거운 물통이었다.

코제트는 몇 걸음 걷다가 쉬고, 또 걷다가 쉬면서 길을 갔다. 손이 얼어붙는 것 같았다. 걸음을 멈출 때마다 통에서 넘쳐흐른 찬물이 그 애의 맨 다리 위로 떨어졌다. 이런 일이, 한겨울 늦은 밤 깜깜한 숲속, 사람들로부터 멀리 떨어진 곳에서 벌어지고 있었다. 그 애는 겨우 여덟 살짜리 어린아이였다. 이 애처로운 모습을 보고 있는 것은 하느님밖에 없었다. 그렇게 힘들게 물통을 옮기면서 그 아이의 입에서는 자신도 모르게 "오, 하느님! 오, 하느님!"이라는 소리가 새어나왔다.

그때였다. 갑자기 물통의 무게가 느껴지지 않았다. 엄청나게 커 보이는 손 하나가 물통의 손잡이를 힘차게 들어 올린 것이다. 코제트는 고개를 들었다. 검은 사나이 하나가 어둠 속에서 그 애와 나란히 걷고 있었다. 그 애 뒤에서 다가왔지만 소리를 듣지 못한 것이었다. 사람의 만남에는 직감이란 것이 있다. 어린아이는 어둠 속에서 만난 그 모르는 사람이 무섭지 않았다.

사나이가 그 애에게 말을 걸었다.

"아가야, 이건 네게 너무 무겁겠구나."

코제트는 고개를 들고 대답했다.

"네, 아저씨."

"이리 주렴, 내가 들어다 줄게."

코제트는 물통을 놓았다. 사나이는 그 애 곁에서 함께 걷기 시작했다.

"정말 무겁네. 아가야, 너 몇 살이니?"

"여덟 살이에요."

"그런데 이걸 들고 어디서 오는 거니?"

"숲속 샘에서 오는 거예요."

"멀리까지 가니?"

"여기서 15분은 걸려요."

사나이는 한참동안 잠자코 있다가 불쑥 물었다.

"그럼 어머니가 없는 모양이로구나."

"모르겠어요."

사나이가 뭐라고 입을 열기 전에 아이가 계속 말했다.

"없나봐요. 다른 애들은 있는데 나만 없어요. 한번도 없었던 것 같아요."

사나이는 걸음을 멈추더니 물통을 땅에 내려놓고 몸을 구부려 어린아이의 양어깨에 두 손을 올려놓았다. 그리고 어둠 속에서 아이의 얼굴을 보려고 애썼다. 코제트의 여위고 가냘픈 얼굴이 어렴풋이 드러나 보였다. 달빛에 눈가의 멍도 보일락말락 드러났다.

"네 이름이 뭐니?"라고 사나이가 물었다.

"코제트예요."

사나이는 마치 감전이라도 된 것 같았다. 그는 아이를 한참 바라보더니 다시 물통을 들고 걷기 시작했다. 여관이 가까워지자 코제트가 머뭇거리며 사나이의 팔을 잡았다.

"왜 그러니, 아가야?"

"저, 집에 거의 다 왔어요. 이제 물통을 제가 들게 해주시겠어요?"

"왜?"

"누가 물통을 들어준 걸 아주머니가 보면 아마 나를 때릴 거예요."

사나이는 그 애에게 물통을 돌려주었다. 잠시 후 그들은 싸구려 식당 문 앞에 서 있었다.

사나이는 안으로 들어가서 숙박흥정을 하고 자리 잡고 앉았다. 그때였다. 테나르디에의 아내가 코제트에게 소리쳤다.

"빵은 어떻게 했냐?"

코제트는 빵을 완전히 잊고 있었다. 그 애는 겁을 집어먹고 거짓말을 했다.

"아주머니, 빵집 문이 닫혀 있었어요."

"거짓말이기만 해라. 어쨌든 15수 이리 줘."

코제트는 앞치마 호주머니에 손을 넣더니 얼굴이 새파래졌다. 아무리 뒤져도 동전이 없었다. 그러자 테나르디에의 아내가 화를 내며 벽난로에 걸어놓은 채찍을 향해 손을 뻗었다. 그때였다. 누런 프록코트의 사나이가 그녀를 향해 말했다.

"미안합니다, 아주머니. 아까 보니까 그 애 앞치마에서 뭔가 떨어져 굴러가더군요."

그는 땅바닥을 한참 찾는 척하더니 손에 은전 한 닢을 들고 테나르디에 부인에게 건네주었다. 그건 20수짜리 동전이었다. 하지만 테나르디에 부인은 바로 그거라고 말하며 받아 들었다.

그러는 사이 에포닌과 아젤마가 들어왔다. 그 애들은 인형을 갖고 옷을 입히며 놀기 시작했다. 색이 바랬고 낡은 인형이었지만 코제트가 보기에는 너무나 예쁜 인형들이었다. 코제트는 뜨개질을 하다가 그 애들을 부러운 듯이 바라보았다. 그러자 테나르디에의 아내가 코제트에게 호통을 쳤다.

"아니, 이놈의 계집애가! 어디 일은 안 하고 한눈을 팔고 있니? 매를 맞아야 정신을 차리겠어?"

그러자 사나이가 그녀에게 말했다.

"좀, 놀게 해주시구려."

"안 돼요. 거저 먹일 수는 없어요. 일을 해야 해요."

"지금 도대체 무슨 일을 하고 있는 거요?"

"우리 애들 스타킹을 짜고 있어요. 거의 다 떨어졌거든요."

그러자 사나이가 말했다.

"스타킹을 사려면 얼마면 되오?"

"적어도 30수는 줘야 할 걸요."

"그럼 여기 5프랑이 있소. 이걸 줄 테니 그 아이를 좀 놀게 해주시오."

1프랑은 20수였다. 그는 세 배의 돈을 꺼내놓은 것이다.

그는 5프랑을 꺼내어 식탁 위에 놓더니 코제트에게 말했다.

"코제트야, 이제 마음대로 놀아라."

코제트는 겁먹은 눈으로 테나르디에 아내의 눈치를 보며 말했다.

"아주머니, 정말이에요? 놀아도 돼요?"

"놀아라!" 하고 테나르디에의 아내가 사납게 말했다.

코제트는 "감사합니다"라고 인사한 후 자기 뒤에 있는 상자에서 헌 누더기와 납으로 된 작은 칼을 꺼냈다. 그게 그 애의 인형이었다. 그 애는 그 인형을 가지고 놀면서 콧노래까지 흥얼거렸다. 그때였다. 에포닌과 아젤마가 다른 놀이를 하느라 바닥에 인형을 놔둔 것이 눈에 띄었다. 주위를 둘러보니 아무도 인형을 보고 있지 않았다. 그 애는 살금살금 탁자 밑을 기어가서 그 인형을 덥석 잡았다. 제대로 된 인형을 품에 안아 본 적이 없었기에 너무 행복했다.

그러나 행복은 잠깐이었다. 코제트가 인형을 안고 있는 것을 에포닌에게 들킨 것이다. 에포닌이 어머니에게 그 사실을 일러바쳤다. 테나르디에 아내의 얼굴이 일그러졌다. 감히 하녀가 아가씨들의 인형에 손을 대다니!

"코제트!"

코제트는 화들짝 놀라며 인형을 바닥에 놓더니 두 손을 비틀어 꼬며 흐느끼기 시작했다. 그 모습을 본 나그네가 자리에서 일어났다. 그는 곧장 문을 열고 밖으로 나갔다. 그가 나가자마자 테나르디에의 아내는 코제트를 호되게 걷어찼다.

잠시 후 문이 다시 열리고 사나이가 나타났다. 그의 손에는 앞서 말한 그 인형, 동네 모든 아이들이 눈으로만 부러워하던 그 인형이 들려 있었다. 그는 그 인형을 코제트 앞에 세워놓으면서 말했다.

"옜다, 이건 네 거다."

코제트는 슬금슬금 뒷걸음질을 치더니 탁자 아래 깊숙이 들어가 숨어버렸다. 더 이상 울지도 않았고 숨도 쉬지 못하는 것 같았다. 테나르디에의 아내도 에포닌도 아젤마도 동상처럼 꿈쩍도 하지 않았으며 술을 마시고 있던 술꾼들도 동작을 멈추었다. 술집 전체가 엄숙한 침묵 속에 빠졌다.

순간 테나르디에의 얼굴에 본능적으로 돈 냄새를 맡은 사냥개의 표정이 떠올랐다. 그가 아내 곁으로 가서 속삭였다.

"저 물건은 적어도 30프랑은 나가는 거야. 바보처럼 굴지 말고 저 사람 앞에서 굽실굽실하라고."

테나르디에의 아내는 금방 코제트에게 코 먹은 소리를 내며 말했다.

"코제트야, 이리 나오렴. 어서 네 인형을 받아야지."

테나르디에도 거들었다.

"우리 귀여운 코제트야. 저 양반께서 네게 인형을 주시는구나. 어서 받아라. 그건 네 거다."

코제트는 엉금엉금 기어 나오더니 여전히 두려운 기색으로 인형 가까이 갔다. 처음에는 감히 그 인형에 손을 대지도 못하고 바라보기만 했다. 그러더니 아직도 눈물에 젖은 얼굴에 차츰 기쁨의 빛이 차오르기 시작했다. 그 애는 재차 테나르디에 아내의 허락을 받은 후 나그네가 넘겨주는 인형을 받아들고 품에 안았다. 그리고 인형을 안은 채 잠자리로 갔다.

다음 날 아침, 날이 새기 적어도 두 시간 전에 테나르디에는 식당 촛불 앞에 앉아 누런 프록코트를 입은 나그네의 청구서를 작성하고 있었다. 아내는 옆에서 아무 말도 하지 않고 남편이 걸작을 꾸며내는 것을 구경하고 있었다. 도합 23프랑이었다.

아내는 감격하여 외쳤다.

"어머, 23프랑이나!"

테나르디에는 차가운 웃음을 흘리며 말했다.

"낼 거야. 당신이 이걸 보여주고 돈을 받아내."

그는 「청구서」를 아내에게 주고 밖으로 나갔다. 그가 식당에서 나가자마자 나그네가 들어왔다. 테나르디에는 방긋 열린 문 뒤에 가만히 서 있었다. 그의 모습은 아내의 눈에만 보였다.

테나르디에의 아내를 보자마자 나그네가 말했다.

"이제 가보렵니다. 얼마를 내야 합니까?"

그녀는 아무 말 없이 「청구서」를 내밀었다. 그녀는 사나이의 눈치를 살폈으나 그는 정신이 다른 데 가 있는 듯 그냥 흘낏 바라보았을 뿐이었다. 그가 그녀에게 말했다.

"아주머니, 이 몽페르메유에서 장사는 잘됩니까?"

"그럭저럭하고 있지만 어려워요. 선생님처럼 후한 여행객들이 오지 않으면 버티기 힘들어요. 드는 돈이 많거든요. 그 계집애만 해도 엄청 돈이 많이 들어요."

"어느 계집애 말이지요?"

"아, 선생님도 아시잖아요. 코제트라는 계집애. 여기서는 다들 종달새라고 부른답니다."

"그렇다면 누군가 그 애를 치워준다면?"

"누구요? 코제트를요? 아이고 친절도 하셔라. 제발 가져가세요. 끌고 가서 삶아먹든 구워먹든 마음대로 하세요. 하느님께 감사할 노릇이지요."

"그럽시다."

"정말 데려가주시는 거예요?"

"그렇소. 당장 데려가겠소. 어린애를 부르시오."

그는 숙박비용으로 5프랑짜리 은화 다섯 닢을 탁자 위에 놓았다.

그때였다. 식당 밖에서 그 소리를 듣고 있던 테나르디에가 안으로 총알같이 뛰어들면서 말했다.

"아니 숙박비용은 26수만 치르면 됩니다. 방값 20수에 저녁 식사값 6수. 대신 그 아이 문제는 좀 이야기할 게 있습니다."

그는 아내를 밖으로 내보낸 후 사나이에게 말했다.

"선생님, 제가 그 아이를 얼마나 애지중지하는지 아십니까? 그 애를 이렇게 낯선 분이 데려가시면 저는 가슴이 찢어질 겁니다. 적어도 통행권 정도는 보여주셔야."

"테나르디에 씨, 파리에서 50리쯤 오면서 「통행권」을 가지고 올 사람이 어디 있소? 내가 코제트를 데려가면 그것으로 그만이오. 내 주소와 이름도 알려주지 않겠소. 이 애가 평생 당신을 보지 못하게 할 작정이오."

테나르디에는 상대방이 보통 강한 사람이 아니라는 것을 금방 알아차렸다. 그는 당장 작전을 바꾸었다.

"선생님, 그 애를 데려가시려면 1,500프랑이 필요합니다."

나그네는 지갑을 열고 500프랑짜리 지폐를 석장 꺼내 탁자 위에 놓았다.

"자, 코제트를 불러오시오."

얼마 후 코제트가 들어왔다.

조금 후 나그네와 코제트는 그곳을 나와 이웃의 작은 식당으로 들어갔다. 나그네는 가지고 있던 보퉁이를 끌렀다. 그 속에는 털저고리와 앞치마, 고급 속옷과 속치마, 숄, 털양말, 구두 등 여덟 살짜리 소녀를 예쁘게 꾸미기 위한 모든 것들이 들어 있었다. 모두 검은색이었다. 그는 아이에게 그 옷을 입혔다.

한편 1,500프랑이라는 거금을 손에 쥔 테나르디에는 금방 자신이 실수했음을 깨닫고 그들 뒤를 따라가기 시작했다. 아무리 보아도 놈은 백만장자 같은데! 그 열 배라도 거뜬히 뜯

어낼 수 있었는데 그 정도만 받고 코제트를 내주다니! 천하의 테나르디에가 이런 바보 같은 짓을 하다니!

그는 숲속에서 장 발장을 따라잡기로 작정하고 지름길로 달려갔다. 그가 숲 근처 들판에 이르렀을 때 장 발장과 코제트는 그늘에 앉아 있었다. 테나르디에는 불쑥 그들 앞에 나타나서 말했다.

"죄송합니다, 선생님. 이 지폐를 돌려드려야겠습니다."

"무슨 말이요?"

"가만 생각해보니 제가 잘못했습니다. 이 애 어머니 편지도 갖지 않은 모르는 사람에게 이 애를 내주면 그 어머니가 나중에 뭐라고 하겠습니까? 사람으로서 할 짓이 아니지요."

장 발장은 말없이 주머니에서 지갑을 꺼냈다. 테나르디에는 옳구나! 하면서 쾌재를 불렀다.

'나를 매수할 모양이로군. 웬만한 액수로는 안 될걸.'

하지만 장 발장이 꺼낸 것은 돈이 아니라 한 장의 작은 종이 쪽지였다. 그가 그것을 테나르디에에게 건네주며 말했다.

"당신 말이 옳소. 이걸 한번 읽어보시오."

테나르디에는 종잇조각을 받아 읽었다.

테나르디에 씨에게

이분께 코제트를 내어주세요.

제가 모든 것들의 값을 치르겠어요.

삼가 인사 말씀을 올리며

팡틴

확실히 팡틴의 서명이었다. 더 이상 그들을 붙잡을 명분이 없었다. 하지만 포기할 테나르디에가 아니었다. 그는 말했다.

"잘 알겠습니다, 선생님. 하지만 이 편지에 쓰인 '모든 것들의 값'은 치러 주셔야겠습니다."

"이보시오. 이 아이 어머니가 당신에게 빚이 120프랑 있었던 걸 내가 알고 있소. 그 빚도 내가 전에 다 갚았고 그사이 시간이 흘렀으니 정확히 계산한다면 지금 35프랑 정도 남았을 거요. 그런데 나는 당신에게 1,500프랑이나 주었소. 그러니 조용히 돌아가시오."

테나르디에는 단번에 공손한 태도를 집어던지고 말했다.

"이보쇼, 이름도 모를 양반! 암튼 내가 코제트를 도로 데리고 가야겠소. 그게 아니라면 3,000프랑을 내시오."

장 발장은 코제트에게 "얘야, 가자"라고 조용히 말하며 그 애의 손을 잡았다. 그리고 오른손으로 땅바닥에 놓인 지팡이에 손을 대고는 말없이 테나르디에를 노려보았다. 테나르디에는 그 지팡이가 엄청나게 큰 것을 보고 겁을 먹었다. 게다가 그곳은 너무 호젓했다. 그는 총을 가져오지 않은 것을 못내 후회하며 물러설 수밖에 없었다.

해가 떠오를 무렵, 문을 열고 밖을 내다보기 시작하던 몽페르메유 사람들은 초라한 차림새의 노인이, 한 소녀의 손을 잡고 거리를 지나가는 것을 볼 수 있었다. 검은 상복을 입은 소녀는 커다란 장밋빛 인형을 팔 아래 끼고 있었다. 그들은 리브리 쪽으로 가고 있었다. 아무도 그 사나이가 누군지 알 수 없었으며, 누더기를 걸치지 않은 코제트의 모습도 알아보지 못했다.

독자 여러분은 이미 짐작했겠지만 장 발장은 죽은 것이 아니었다. 그가 바다에 떨어졌을 때, 아니 바다에 몸을 던졌을 때 쇠사슬은 풀려 있었다. 그는 헤엄쳐서 해안까지 간 후 수중에 지니고 있던 돈으로 옷을 사서 갈아입었다. 그는 최대한 몸을 숨기면서 파리로 갔다. 파리에 도착한 후 그는 제일 먼저 여덟 살짜리가 입을 상복을 구입하고 세 들어 살 집을 하나 구했다. 그리고 방금 몽페르메유에 나타난 것이다. 그가 전에 탈주했을 때 이 부근을 은밀하게 여행했던 것도 독자들은 기억하고 있을 것이다. 어딘가 50~60만 프랑을 숨겨두었다는 신문 보도는 사실이었다.

사람들은 장 발장이 죽었다고 믿고 있었기에 그는 더욱 수수께끼 같은 인물이 되었다. 자신이 죽었다는 신문 보도를 보고 그는 안심했고 실제로 죽은 것과 다름없는 평화를 느꼈다.

테나르디에 부부에게서 코제트를 끌어낸 바로 그날 저녁 그는 파리로 되돌아갔다. 코제트는 자기가 카트린이라 이름붙인 인형을 손에 든 채 장 발장의 등에 업혀 잠들어 있었다.

고르보의 오막살이

파리로 간 장 발장이 걸음을 멈춘 곳은 대단히 한적한 곳에 있는 어느 집 앞이었다. 언뜻 보기에 오막살이처럼 작아 보였고 누추했기에 사람들은 그곳에 처음 자리 잡은 사람의 이름을 따서 그 집을 '고르보의 오막살이'라고 불렀지만 실은 대성당처럼 아주 큰 집이었다. 한길 쪽으로는 비스듬히 옆면만 보여서 겉으로는 좁아 보일 뿐이었다. 그곳은 어려운 사람들이 세 들어 사는 집이었다. 집 전체가 가려져 있어 문과 창 하나밖에는 사람들 눈에 뜨이지 않았다. 장 발장은 가장 적막한 곳을 자기가 묵을 집으로 골랐던 것이다.

장 발장은 조끼를 뒤져 열쇠를 꺼내더니 문을 열고 안으로 들어갔다. 그는 코제트를 업은 채 계단을 올라가 방으로 들어갔다. 그리고 어린아이를 조심스럽게 침대에 눕혔다. 그는 몸을 구부리고 아이의 손에 입을 맞추었다. 아이의 어머니 손에 입을 맞출 때처럼 애절하고 경건하면서 침통한 생각이 그의 가슴을 채웠다.

날이 훤히 밝았는데도 아이는 아직 자고 있었다. 그때 짐을 가득 실은 수레가 차도를 지나가면서 요란한 소리를 냈다. 그러자 아이가 깜짝 놀란 듯 "네, 아주머니! 가요!"라고 외치며 잠에서 깨어났다. 그러고는 빗자루를 찾는 듯 팔을 뻗었다. 그러나 아이의 눈앞에는 장 발장의 인자하게 웃음 띤 얼굴이 있었다. 아이는 그제야 "아, 참 그렇지" 하며 손으로 더듬어 인형을 찾았다. 코제트는 아무것도 알려 하지 않았다. 아이는 카트린과 노인 사이에서 그냥 행복했다. 그날은 그렇게 지나갔다.

이튿날 아침에도 장 발장은 코제트의 침대 옆에 있었다. 그는 꼼짝도 않고 그 애가 깨어나길 기다리고 있었다. 무언가 새로운 것이 그의 영혼 속으로 들어오고 있었다.

장 발장은 이제까지 그 누구도, 그 무엇도 사랑해본 적이 없었다. 25년 전부터 그는 외톨이였다. 한번도 그 누구의 아버지나, 애인이나, 남편이나 친구가 되어본 적이 없었다. 감옥에 있을 때 그는 악했고, 침울했으며, 무식하고 사나웠다. 그러나 그 나이든 죄수의 마음만큼은 더없이 순진무구했다.

그에게는 누이와 조카들의 기억조차 희미해져 가물가물하다가 사라져버렸다. 그는 그들을 찾아내려고 온갖 노력을 다했지만 결국 찾지 못하고 잊어버리고 말았다.

그가 코제트를 처음 보았을 때, 그 애를 잡았을 때, 그 애를 구출했을 때, 그의 내면 깊은 곳에서 무언가 꿈틀거리는 것을 느꼈다. 그의 내부에 잠자고 있던 온갖 정열과 애정이 눈을 떠서 이 아이에게로 향했다. 그것은 그가 만난 두 번째 하얀빛이었다. 미리엘 주교는 그의 마음의 지평선에 미덕의 빛이 새롭게 떠오르게 해주었고 코제트는 사랑의 새벽빛이 떠오르게 해주었다.

코제트 역시 자신도 모르는 사이에 다른 사람이 되어 있었다. 어머니와 헤어졌을 때 그 애는 너무 어렸다. 아이는 어머니를 기억하지 못했다. 어린아이들은 무엇에고 감기려 하는 포도나무 순과 같다. 코제트도 마찬가지였다. 그 애는 사람들을 향해 사랑의 손을 뻗치려 했다. 하지만 성공하지 못했다. 모두들 그 아이를 뿌리쳤다. 테나르디에 부부도, 그들의 아이들도, 그리고 다른 아이들도 그 아이를 내쳤다. 여덟 살의 어린 나이에 그 아이의 마음은 차갑게 식어버렸다. 그것은 그 애의 잘못이 아니었다. 그 애에게는 사랑할 능력이 없었던 것이 아니다. 그 애에게는, 단지, 사랑할 가능성이 없었던 것이다! 그런데 그 애는 이제 이 노인을 사랑하고 있었다. 그 애가 느끼고 생각하는 모든 것이 그를 사랑하게 만들었다. 그 애는 전에 한번도 느껴보지 못했던 것, 그 무언가 환한 것이 자기 안에서 꽃피어나는 것을 느낄 수 있었다. 그 애에게 장 발장은 늙은이도 아니었고 남루하지도 않았다. 그는 가장 멋있고 아름다운 사람이었다.

게다가 장 발장은 은신처를 아주 잘 골라놓았다. 그곳에서 그들은 거의 완전무결하게 안전했다. 그가 코제트와 함께 쓰는 방에는 작은 방이 딸려 있었으며 가로수 길 쪽으로 창문이 하나 나 있었다. 그 창은 이 집에서 유일한 창이었기에 옆이건 앞이건 이웃 사람의 눈을 걱정할 필요는 조금도 없었다.

그렇게 둘 다 새로운 행복을 누리는 가운데 몇 주가 지나갔다. 둘은 이 누추한 집에서 더없이 즐거웠다. 코제트는 새벽부터 웃고 재잘거리고 노래했다. 어린아이들은 새들처럼 나름대로의 아침 노래가 있는 법이다.

장 발장은 코제트에게 글을 가르치기 시작했다. 그러면서 자기가 형무소에서 글을 익힐 때를 생각했다. 그때 그는 악한 짓을 하기 위해서 글을 배웠다. 그런데 그것이 지금 사랑하는 코제트에게 글을 가르치는 데 쓰이고 있다니! 그런 생각이 들 때면 그는 생각에 잠긴 채 천사 같은 미소를 지었다. 그럴 때면 그는 저 높은 곳 누군가의 의지를 느끼고 명상에 젖었다. 나쁜 생각들만 깊이 들여다볼 곳이 있는 게 아니었다. 좋은 생각들도 들여다보면 들여다볼수록 그 깊이가 더해가는 곳이 있었던 것이다.

코제트에게 글을 가르치고 놀게 해주는 것, 그것이 장 발장 생활의 전부였다. 그는 가끔 아이 어머니 이야기를 해주고 기도를 하게 했다. 코제트는 그를 '아버지'라고 불렀다. 그 외의 다른 이름은 전혀 모르고 있었다.

장 발장은 코제트를 사랑하면서 다시 강해졌다. 두 번의 체포를 통해 사실상 그도 코제트처럼 비틀거리고 있었던 것이다. 그는 그 애를 지켜주었고 그 애는 그를 굳건하게 해주었다. 장 발장 덕분에 코제트는 인생의 길을 제대로 걸어갈 수 있게 되었으며, 그 아이 덕분에 장 발장은 덕(德)의 길을 계속 걸어갈 수 있었다. 그는 그 아이의 버팀목이었고 그 아이는 그의 주춧돌이었다. 오오, 절묘하게 균형을 이룬 그 운명의 신비여!

장 발장은 낮에는 결코 밖에 나가지 않았다. 매일 저녁 땅거미가 질 무렵에 한두 시간 산책을 했을 뿐이었다. 때로는 혼자였고 때로는 코제트와 함께였다. 그는 해질 무렵에는 가까운 생 메다르 성당에 들르기도 했다. 그는 어려운 사람들에게 적선을 많이 했다. 꼭 거지 행색의 그가 적선을 하는 것을 보고 사람들은 그를 '적선하는 거지'라고 불렀다. 그러는 가운데 날이 흘러 그해 겨울의 마지막 날들에 이르렀다.

생 메다르 성당 가까운 곳에 버려진 공동 우물이 있었고 그 우물가 돌 위에 늘 거지 한 명이 쪼그리고 앉아 있었다. 장 발장은 그 거지에게 쾌히 적선을 하곤 했다. 그는 일흔다섯 살이나 된 늙은 교회지기였는데 늘 중얼중얼 기도문을 외고 있었다.

어느 날 저녁 장 발장은 혼자서 그곳을 지나가고 있다가 막

켜지기 시작한 가로등 밑에 그 거지가 있는 것을 발견했다. 거지는 버릇대로 몸을 완전히 구부리고 기도를 드리는 것 같았다. 장 발장은 평소대로 그의 손에 동전을 쥐어주었다. 순간 거지가 별안간 눈을 들어 장 발장을 뚫어지게 바라보더니 얼른 고개를 숙였다. 번개 같은 동작이었다.

장 발장은 소스라치게 놀랐다. 가로등 불빛에 얼핏 본 그 얼굴은 평상시의 늙은 거지의 얼굴이 아니었다. 그는 갑자기 어둠 속에서 무시무시한 호랑이와 마주친 것 같은 느낌이 들었다. 거지는 다시 고개를 숙이고 있었다. 분명 자베르였다. 하지만 그가 어떻게 여기에? 장 발장은 그가 흘낏 본 얼굴이 자베르의 얼굴이었다고 스스로도 시인하기 어려웠다.

하지만 그는 분명 자베르였다. 독자들은 자베르가 어떻게 다시 장 발장 근처에 나타나게 된 것인지 궁금할 것이다. 우선 그 궁금증을 풀어보기로 하자.

몽트뢰유쉬르메르에서 근무하던 자베르는 파리경찰청으로 옮겨 근무하게 되었다. 장 발장이 수감된 후 그는 장 발장은 완전히 잊고 있었다. 그러던 어느 날 그는 장 발장이 죽었다는 신문 기사를 보았다. 하도 명확한 기사라서 그는 조금도 의심하지 않고 "거 참 잘됐다"라는 말과 함께 신문을 던져버렸다. 그리고 다시는 장 발장에 대해 생각하지 않았다.

그런데 얼마 후 몽페르메유에서 사건이 하나 벌어졌고 사건 보고서가 자베르에게도 전달되었다. 그곳에서 여관업을 하고 있는 한 사나이가 예닐곱 살 된 계집아이를 도둑맞았다는 사건이었다. 팡틴이라는 여자가 맡겨놓은 코제트라는 여자 아이를 알 수 없는 한 사나이가 유괴해갔다는 것이었다.

팡틴이라는 이름에 자베르의 눈이 번쩍 뜨였다. 그는 그 이름을 알고 있었다. 그렇다면 그 알 수 없는 사나이가 장 발장일 수도 있지 않은가? 하지만 장 발장은 이미 죽어버리지 않았는가? 죽은 장 발장이 어떻게 그곳에? 도대체 그 사나이는 누구이고 왜 팡틴의 딸을 유괴해간 것인가?

자베르는 아무에게도 말하지 않고 즉시 몽페르메유로 갔다. 하지만 별로 얻은 것이 없었다. 테나르디에 부부가 시치미를 딱 잡아떼고 딴소리를 했기 때문이다.

코제트가 이상한 사나이와 함께 가버린 후 테나르디에 부부는 '종달새'가 없어졌다고 마구 떠들고 다녔다. 돈을 더 뜯

어내지 못한 게 원통해서였고, 그 애를 돈을 받고 팔아넘겼다는 사실을 감추기 위해서였다. 그들 이야기가 사람들의 입에서 입으로 옮겨가며 부풀려지더니 결국 아이를 도둑맞은 것으로 귀착되어 경찰에서 보고서를 작성하기에 이른 것이었다.

하지만 테나르디에는 곧 정신을 차렸다. 그 일로 수사가 진행되는 것이 자신에게 별로 도움이 되지 않으리라는 것을 그는 금방 깨달았다. 도대체 자기가 받은 1,500프랑에 대해 뭐라고 변명할 것인가? 게다가 자신이 과거에 저지른 짓이라도 발각나면 어쩔 것인가? 그는 대번에 아내의 입을 막은 후 그 애 할아버지가 그 애를 데리고 갔다고 주장했다.

그들을 만난 후 자베르는 고개를 갸우뚱하면서 파리로 돌아올 수밖에 없었다.

그런데 이번에는 생 메다르 교구에 살고 있다는 '적선하는 거지'라는 별명의 이상한 사나이 이야기를 듣게 되었다. 진짜 이름은 아무도 모르며 여덟 살가량의 소녀와 살고 있다는 것, 그 소녀는 자신이 몽페르메유에서 왔다는 것 외에는 아무것도 모르고 있다는 소문이었다.

몽페르메유! 그 도시 이름에 자베르는 다시 정신이 번쩍 들었다. 모든 것이 뚜렷하지 않은가! 그는 그 '적선하는 거지'가 누구인지 알아보고 싶어서 거지로 변장을 하고 그 자리에 앉아 있었던 것이다. 그리고 고개를 드는 순간 그는 장 발장이 받은 것과 똑같은 충격을 받았다. 그는 분명 장 발장이었던 것이다!

하지만 그는 곧바로 장 발장을 체포할 수 없었다. 심증만 있지 확증이 없는 것이 아닌가? 그는 엄연히 죽은 사람 아닌가? 조심성 많은 자베르는 의혹만으로 그 사나이의 목덜미에 손을 대는 사람이 아니었다. 자베르는 그 사나이의 일거수일투족을 감시하며 그가 장 발장이라는 것이 확실해졌을 때 그를 체포하리라 결심했다. 자베르의 조심성이 장 발장에게 시간을 주었다.

프티 픽퓌스 수녀원으로 들어가다

장 발장은 그가 자베르임을 확신했다. 망설일 시간이 없었다. 빨리 몸을 피해야 했다. 다음 날 해가 질 무렵 그는 밖으로 나가 가로수 길을 살펴보았다. 보름달이 거리를 훤히 비추고 있었다. 거리에는 아무도 보이지 않았다. 그는 코제트의 손을 잡고 거리로 나섰다. 하지만 그는 도대체 어디로 가야 할지 알 수 없었다. 코제트가 자기에게 몸을 맡기고 있듯이 그는 하느님에게 몸을 맡기고 있었다. 자기도 코제트처럼 눈에 보이지 않는 어떤 위대한 존재의 손을 잡고 있는 것처럼 느꼈고 그 위대한 손길이 자신을 이끄는 것처럼 느꼈다. 그에게는 아무런 뚜렷한 생각도, 아무런 계획도,

아무런 복안도 없었다. 그는 단지 굴에서 내쫓긴 채 머물 곳을 찾아 헤매는 짐승 같았다.

그는 거리를 지나 오스테리츠 다리를 건넜다. 그는 코제트를 등에 업었다. 그리고 길을 가면서 때때로 뒤를 돌아다보았다. 그런데 방금 지나온 곳 저 먼 어둠 속에 수상한 사람들이 움직이는 것이 보였다. 아무리 생각해도 경찰 같았다. 그는 거의 뛰다시피 길을 재촉했다. 그런데 그의 앞에 두 갈래 갈림길이 나타났다.

그는 왼쪽을 바라보았다. 큰 거리로 틔어 있는 골목이었다. 오른쪽은 막다른 골목이었다. 그는 왼쪽으로 방향을 잡았다. 그때였다. 그 골목과 거리가 만나는 곳 모퉁이에 검은 조각상 같은 것이 꼼짝 않고 서 있었다. 장 발장이 그리로 오는 것을 기다리고 있는 것이 틀림없었다. 장 발장은 뒷걸음질 쳤다. 그러자 뒤편 어둠 속에 자베르와 그의 부하들 모습이 보였다. 자베르는 그 작은 미로를 잘 알고 있었기에 부하에게 출구를 지키게 하고 자신은 부하들과 입구 쪽으로 들어선 것이었다. 진퇴양난이었다. 계속 앞으로 가면 출구를 지키고 있는 사나이와 마주친다. 뒤로 가면 자베르의 손아귀에 들어간다. 장 발장은 자신을 가두고 있는 그물이 점점 옥죄어오는 것을 느꼈다. 그는 절망하여 하늘을 우러러 보았다. 눈앞의 담장 위로 올라가 건물 안으로 피하는 방법밖에 없었다. 하지만 코제트가 문제였다. 혼자라면 어떻게 해보겠지만 코제트를 담장 위로 올리려면 긴 줄이 필요했다. 하지만 그에게는 줄이 없었다.

모든 극단적인 상황에서는 일종의 섬광이 빛나기 마련이다. 그 섬광은 때로는 우리를 눈멀게 하고 때로는 우리의 앞길을 비춰준다. 장 발장의 절망한 눈이 그 골목길에 있는 가로등 기둥에 가서 멈추었다. 가로등을 올렸다 내렸다 하는 줄이 그의 눈에 들어왔다. 그는 엄청난 힘으로 한 가닥 줄을 뽑아서 손에 쥐었다. 그는 넥타이를 풀어서 코제트의 겨드랑이 아래로 끼워 넣고 둘러맨 후 그 넥타이를 그가 가져온 줄에 간결하고 정확하게 단단히 묶었다. 그리고 그 줄의 한쪽 끝을 입에 물었다. 도중에 코제트가 무섭다고 말하자 그가 코제트에게 말했다.

"쉿! 저기 테나르디에 아줌마가 온다. 아무 말도 하지 마. 네가 소리를 지르거나 울면 테나르디에 아줌마가 숨어 있다가 너를 데려간다."

코제트는 당장 겁에 질려 아무 소리도 내지 않았다.

장 발장은 구두와 양말을 벗어서 담 너머로 던져 넣고 담 모서리를 타고 오르기 시작했다. 마치 발뒤꿈치와 팔꿈치를 사다리에 올려놓은 것처럼 확실하고 단단한 동작이었다. 30초도 못 되는 사이에 그는 담장 위로 기어 올라갔다. 그는 아래에 있는 코제트에게 말했다.

“담에다 등을 기대라.”

코제트는 시키는 대로 했다. 잠시 후, 정신 차릴 겨를도 없이 아이는 담장 위에 올라와 있었다.

장 발장은 아이를 등에 업은 채, 아이의 작은 두 손을 왼손으로 잡고 납작 엎드려 담장 위를 기어갔다. 그 안에는 그의 짐작대로 집 한 채가 있었다. 집의 지붕은 꽤 느슨한 경사면을 따라 땅 가까이까지 뻗어 내려 있었다. 장 발장은 지붕으로 올라간 뒤 지붕을 타고 미끄러져 땅바닥에 뛰어내렸다. 뛰어내리고 보니 이상하게 생긴, 약간 쓸쓸한 기분이 감도는 정원이었다. 코제트는 덜덜 떨면서 그에게 꼭 붙어 있었다. 밖에서는 왁자지껄하는 경찰들 소리가 들렸고 이어서 자베르의 고함 목소리가 들렸다.

"막다른 골목 쪽을 뒤져라. 이 골목 양쪽 끝을 다 막고 있으니 놈은 틀림없이 막다른 골목 안에 있다."

밖은 시끄러웠으나 안은 이상할 정도로 적막했다. 그런데 갑자기 그 깊은 적막 속에서 밖의 소음과는 전혀 다른 소리가 들려왔다. 천상의 소리였고, 신성한 소리였으며, 말로는 표현할 수 없는 소리였다. 저 밖의 소리가 무시무시했던 만큼 더 매혹적인 소리였다. 그것은 어둠 속에 들려오는 찬송가였다. 동정녀들의 맑은 음조와 함께 어린아이들의 순결한 음조로 이루어진 노랫소리. 마치 악마들이 야단법석을 떨다 멀어져가는 사이, 천사들의 합창이 어둠 속에서 다가오는 것 같았다. 마치 사람이 살지 않는 집에서 나는 초자연적인 노래 같았다.

그 노랫소리가 들려오는 동안 장 발장에게는 아무 생각도 들지 않았다. 그는 푸른 하늘을 바라보고 있었다. 그는 그의 마음속의 날개, 우리 모두 마음속에 지니고 있는 날개가 펼쳐지는 것을 느꼈는지도 모른다.

그는 코제트를 달래며 명상에 빠져있었다. 코제트는 금세 잠이 들었다. 잠든 아이를 보며 그는 깨달았다. 코제트가 자기 곁에 있는 한 이 아이를 위해 해줄 수 있는 일 외에는 그 어느 것도 필요하지 않다는 것을. 자기가 그 무언가를 두려워하게 된다면, 그건 오로지 이 아이의 안전 때문이리라는 것을.

그가 명상에 잠겨 있을 때 이상한 소리가 들리기 시작했다. 방울을 흔드는 소리 같았다. 장 발장은 소리가 나는 곳으로 고개를 돌렸다. 그러자 누가 그곳에 있는 것이 보였다. 그는 잠시 경계하는 눈빛으로 그 사내를 바라보았다. 자기를 발견하면 바로 경찰에 넘길지도 모른다는 생각에 불안했다. 그러나 어떻게 해서건 코제트를 따뜻한 곳에 눕혀야만 했다.

장 발장은 마음을 굳히고 사내에게 곧장 다가갔다. 그는 조끼 호주머니에 들어 있는 돈 뭉치를 손으로 쥐고 있었다.

사내는 고개를 숙이고 있었기에 장 발장이 오는 것을 보지 못했다. 장 발장은 성큼 그 사나이 곁으로 갔다. 그리고 느닷없이 외쳤다.

"자, 100프랑이요!"

사나이는 깜짝 놀라 고개를 들었다.

"나를 오늘 밤 재워주신다면 100프랑 드리겠소"라고 장 발장이 빠르게 말했다. 순간 달빛에 장 발장의 얼굴이 환하게 드러났다. 그러자 사내가 놀란 목소리로 말했다.

"아니, 이거 마들렌 시장님 아니십니까?"

이 낯선 곳 어둠 속에서 모르는 사내 입에서 나온 그 이름! 장 발장은 흠칫 놀라 뒷걸음질 쳤다. 그 어떤 일을 당해도 마치 예상하고 있었던 것처럼 놀라지 않을 수 있었지만 이번만큼은 예외였다. 사내는 허리가 구부러진 절름발이 노인이었다. 농부 차림에 왼쪽 무릎에 가죽을 덧대고 거기에 꽤 큼지막한 방울을 달고 있었다. 그의 얼굴은 어둠 때문에 알아볼 수 없었다.

장 발장이 그에게 물었다.

"당신은 누구요? 그리고 이 집은 도대체 어떤 집이오?"

그러자 노인이 외쳤다.

"아이고, 정말 너무하십니다. 저는 시장님께서 여기 넣어주신 사람이고 이 집은 영감님께서 저를 넣어주신 집입니다. 그런데 뭐라고요! 제가 누구냐고요? 아니, 저를 몰라보시겠습니까?"

"그렇소. 도대체 당신이 어떻게 나를 알지요?"

"시장님께서 제 목숨을 살려주셨잖습니까?"

마침 달빛이 노인의 얼굴을 비추었다. 장 발장은 포슐르방 노인을 알아보았다. 장 발장은 자신이 이 노인에게 오로지 마들렌이라는 이름으로만 존재하고 있음을 알았다. 그는 조심스레 앞으로 나서며 물었다.

"그런데 무릎에 달고 있는 방울은 대체 뭐요?"

"이거요? 사람들이 저를 피하게 하려고 달고 있는 것이랍니다."

"뭐라고요! 당신을 피하게 하려고!"

"그렇습니다. 이 집에는 온통 여자들밖에 없거든요. 처녀들뿐이에요. 방울 소리가 나면 쏜살같이 도망가버리지요."

그제야 장 발장은 모든 생각이 났다. 2년 전에 그의 추천으로 포슐르방이 들어올 수 있었던 곳. 그곳은 바로 생 탕투안 구역에 있는 프티 픽퓌스 수도원이었던 것이다.

포슐르방 영감이 다시 입을 열었다.

"그런데 도대체 어떻게 여기 들어오셨습니까? 남자들은 들어오지 못하거든요."

"당신은 여기 잘 있지 않소. 나도 여기 있어야겠소."

포슐르방은 주름 잡힌 손을 떨면서 장 발장의 건장한 두 손을 움켜쥐었다. 그는 아무 말도 할 수 없는 듯 한참 서 있었다. 이윽고 그가 외쳤다.

"오, 제가 시장님께 조금이라도 은혜를 갚을 수 있다면 그건 하느님의 축복일 것입니다. 제가 시장님을 구해준다! 아아, 이렇게 고마울 데가! 시장님, 무슨 짓이라도 다 하겠습니다."

그 후 반 시간도 채 못 되어 코제트는 늙은 정원사의 침대에서 잠을 자고 있었다. 추위에 얼었던 아이의 뺨은 다시 불그스레해졌다.

코제트와 수녀원에서 지내게 되다

이야기를 진행하기에 앞서 우선 이 수녀원에 대해 간단히 소개하는 것이 독자에 대한 예의이리라.

픽퓌스의 작은 길에 있는 이 수녀원은 모든 사람들로부터 철저히 격리되어 있었다. 이 수녀원은 마르틴 베르가의 분원으로서 베르나르 교단 수녀원이었다. 이 분원의 베르나르 베네딕트 수녀들은 일 년 내내 육식을 하지 않으며, 사순절은 물론이고 다른 특별한 날에는 단식을 한다. 수녀들은 초저녁에 잠자리에 들었다가 새벽 1시부터 3시까지 기도를 드린다. 어느 계절이건 짚 보료 위에서 거친 이불을 덮고 자며 목욕 한 번 하지 않고 결코 불을 피우지 않는다. 그리고 극히 짧은 휴

식 기간 이외에는 서로 이야기를 나누지도 않는다.

그녀들은 남자 신부의 얼굴을 전혀 볼 수 없다. 수녀원에 들어올 수 있는 유일한 남성은 감독 교구의 대주교 한 사람뿐이다. 사실은 또 한 사람이 있다. 바로 정원사다. 그러나 언제나 노인만 정원사로 썼고 그가 나타나기 전에 수녀들이 피할 수 있도록 그의 무릎에 방울을 하나 달아놓았다.

만일 그녀들의 모습을 보게 되더라도 그녀들의 입 외에는 결코 볼 수가 없었다. 얼굴을 온통 가리고 있었기 때문이다. 그녀들의 이는 모두 누런색이었다. 그녀들은 결코 이를 닦지 않았다. 이를 닦는 것은 영혼을 잃는 것과 마찬가지였기 때문이다.

그녀들은 아무것도 '내 것'이라는 말을 하지 않는다. 자기 것은 아무것도 없고 그 어떤 것에도 집착해서는 안 된다. 그녀들은 모든 것을 '우리 것'이라고 말한다. 때때로 그녀들이 기도 책이나 성물에 애착을 갖는 수가 있다. 그러나 자신이 애착을 느낀다는 것을 깨닫는 바로 그 순간 그것을 포기해야 한다. 그녀들은 어느 귀부인의 일화를 금과옥조로 삼는다. 어느 귀부인이 생 테레스 수녀회에 들어가면서 원장에게 말했다.

"원장님, 제가 무척 아끼는 성서를 가져갈 수 있게 허락해 주세요."

그러자 원장이 말했다.

"아, 당신은 아직 그 무언가에 애착을 가지고 있군요. 그렇다면 이 집에 들어올 수 없어요."

이 프티 픽퓌스 수녀원의 울 안에는 세 채의 건물이 있었다. 수녀들이 살고 있는 큰 수녀원, 여학생들이 기숙하는 기숙사와 사람들이 '작은 수녀원'이라 부르는 건물이 바로 그것이었다. 이 마지막 건물은 정원이 딸린 안채의 건물로 대혁명 때 파괴된 다른 교단 수녀원의 수녀들이 뒤섞여 살고 있었다.

우리의 장 발장과 코제트는 바로 그런 수녀원에 들어온 것이다.

나는 왜 이 수녀원을 여러분에게 소개한 것인가? 이 책의 첫 번째 주인공은 사람이 아니라 무한(無限)이며, 인간은 그 다음 주인공이기 때문이다. 이 책은 무한의 드라마다. 무한은 무엇인가? 절대이고 초월이다. 그리고 수도원, 또는 수녀원이란 인간들이 그 무한 또는 절대를 눈에 보이게 만들어 놓은 것이다. 그런 의미의 수도원은 동양에도 서양에도, 고대에도 현대에도, 불교와 이슬람교와 기독교에도 존재한다.

어떤 종교의 이름을 하고 있건 그들이 공통으로 행하는 것이 있다. 바로 기도다. 누구에게 기도하는가? 바로 신을 향한 기도다. 그렇다면 기도한다는 것은 무엇을 뜻하는가?

질문을 바꾸어보자. 무한은 어디 있는가? 우리 밖에 있는가? 무한은 절대적인 것이고 우리는 그에 비해 상대적인 것인가? 아니다. 무한은 우리 안에도 있다. 무한은 우리 밖에 있으면서 동시에 우리 속에도 있다. 이 두 개의 무한은 서로 겹쳐 있다. 우리 밖의 무한은 우리 안의 무한 위에 있다. 우리 안에 있는 무한은 우리 밖에 있는 무한의 거울이요, 울림이다. 그 둘은 근원이 같다. 그리고 그 둘 안에 모두 자아가 있다. 아래쪽에 있는 자아, 그것이 영혼이고, 위에 있는 자아, 그것이 하느님이다.

기도란, 명상을 통해 아래의 무한을 위의 무한과 만나게 하는 것이다. 인간의 정신에서 그 무한을 제거하지 말자. 오히려 인간의 정신을 개혁하고 변화시켜 그 무한을 일깨워야 한다.

인간 속에는 '미지의 것들' '보이지 않는 것들'을 향하는 기능이 있다. 그 '미지의 것'은 하나의 커다란 바다다. 사색, 몽상, 기도를 통해 인간은 그 대양을 향한다. 사색, 몽상, 기도를 통해 인간은 자기 마음속 양심을 일깨운다. 양심이란 무엇인가? 그것은 '미지의 것'을 향하는 나침반이다. 이것이야말로 인간 내부에서 신비롭게 빛나는 광휘다. 그것을 존중해야 한다.

우리에게는 하나의 의무가 있다. 인간의 영혼을 가꾸는 것, 기적을 부정하고 신비를 지키는 것, 불가해한 것을 숭배하고 부조리한 것을 배척하는 것, 그것이 우리의 의무다.

그런데 세상은 무한을 부정하는 방향으로 흘러가고 있다. 무한을 부정하면 곧바로 허무주의에 빠지게 된다. 허무주의자가 되면 자기 자신이 존재하는 것조차 의심스러워진다. 당연히 상대방의 존재도 의심스럽게 된다. 그는 결국 '아니다'라는 한 마디로 모든 것을 끝맺는다. 그 어떤 사색과 몽상, 기도의 길도 끊기게 된다.

오늘날의 학문은 인간에게서 이상(理想)을 죽이고 있다. 인간의 모든 윤리는 이상에서 나온다. 이상은 인간 정신 내에서 호흡할 수 있어야 하고, 먹고 마실 수 있어야 한다. '가져라, 이

것이 나의 살이요, 피다'라고 말할 수 있는 것, 그게 바로 이상이다. 지혜는 바로 그런 이상의 신성한 성찬식이다. 그 지혜는 진리가 개화된 것으로서 실천적인 윤리이기도 하다. 그 지혜에 의해 철학은 종교가 된다.

더 이상 긴 이야기 말고 한마디로 줄이기로 하자. 인간에게는 두 원동력이 있다. 바로 믿음과 사랑이다. 믿음과 사랑 없이는 출발점과 목적도 없는 인간이 될 수밖에 없다. 이상 없는 인간이 될 수밖에 없다. 이상이란 무엇인가? 그것은 하느님이다. 이상, 절대, 완전, 무한 모두 같은 말이다.

나는 기도의 숭고함을 믿는 사람이다. 우리가 살고 있는 19세기의 이 순간, 도덕 대신 향락에 몰두하고 물질적인 것에 매달린 사람들, 경박하기만 한 사람들, 쾌락에만 몰두하는 사람들 한가운데서, 은둔하여 기도하는 사람들은 우리 누구에게나 존경받을 만하다.

수도원은 자기 포기의 장소다. 그곳은 위대한 자기희생의 장소다. 설사 그곳에서 가혹하다고 여겨질 만한 오류가 행해지고 있고 그것을 의무라고 착각하고 있다 하더라도 거기에는 나름대로 위대함이 있다.

그토록 엄격하고 그토록 음침한 수녀원 생활, 그것은 생명이 아니다. 왜냐하면 그것은 자유가 아니므로. 그것은 무덤도 아니다. 왜냐하면 종말이 아니니까. 그것은 마치 높은 산꼭대기에서 이승의 심연과 저승의 심연을 동시에 보는 것과 같다. 그것은 두 세계를 가르는 안개에 끼어 있는 좁은 경계선이다. 그것은 두 세계에 의해 동시에 밝아지면서 동시에 어두워진다. 생명의 희미한 빛이 죽음의 어렴풋한 빛과 섞여 있다. 그것은 무덤의 어슴푸레한 빛이다.

나는 그녀들이 믿고 있는 것을 똑같이 믿고 있지는 않다. 하지만 나도 그녀들처럼 내 믿음을 갖고 있다. 나는 종교적이다. 그래서 나는 애정 어린 일종의 공포감이나, 선망이 가득 찬 일종의 연민의 정 없이는 그녀들을 제대로 쳐다볼 수 없다.

전전긍긍하면서 믿음에 몸 바치고 있는 그 여자들. 감히 신비의 언저리에 살면서 속세로 향한 문을 걸어 잠그고 아직 열리지 않는 천상계의 문이 열리길 기다리는 그녀들. 아직 보이지 않는 광명을 향해 눈을 돌리고, 자기들은 그 빛이 어디 있는지 알고 있다고 믿으며 행복해 하는 그녀들. 미지의 것을 갈

망하며 어둠을 응시하는 그녀들. 무릎을 꿇고 얼빠진 채 어리둥절하며 몸을 떨고 있으면서 내세의 깊은 숨결에 의해 반쯤 들어 올려진 그 겸허하고 존엄한 영혼들.

장 발장이 포슐르방의 말대로 '하늘에서 떨어졌던' 것은 바로 그 수녀원 안이었다. 일단 코제트를 눕히고 나자 둘은 장작불 앞에 앉아 포도주와 함께 치즈를 먹었다. 그런 후 둘은 각자 짚더미 위에 몸을 눕혔다.

자리에 누웠지만 둘 다 잠을 이루지 못했다. 장 발장은 이제 밖으로 돌아갈 수 없었다. 이곳에 있는 수밖에 없었다. 장 발장 같은 처지의 사람에게 이곳은 가장 위험한 곳인 동시에 가장 안전한 곳이기도 했다. 어떤 남자도 이곳에 들어올 수 없으니 만약 발각이라도 되면 수녀원에서 감옥까지는 한 걸음밖에 되지 않을 것이었다. 따라서 이곳은 가장 위험한 곳이었다. 하지만 만일 여기서 받아들여져서 머물 수 있게 된다면 누가 여기로 그를 찾으러 올 수 있겠는가? 불가능한 곳에 산다는 것, 그것은 곧 구원이었다.

한편 포슐르방도 머리를 쥐어짜내고 있었다. 궁금한 게 한

두 가지가 아니었다. 마들렌 씨가 어떻게 이곳에 들어올 수 있었을까? 그 아이는 누구일까? 하지만 그는 그 질문을 모두 접었다. 그는 '마들렌 씨는 내 목숨을 구해준 사람이다'라는 단 한 가지 사실, 그가 알고 있는 단 한 가지 사실만으로 모든 것을 결정했다. 그는 속으로 생각했다.

'마들렌 씨가 나를 구하려고 수레 밑으로 들어갔을 때 이토록 오만가지 생각을 하지는 않았을 것이다.'

그는 마들렌 씨를 구하기로 결심했다.

하지만 그를 이 수녀원에 있게 한다는 것이 얼마나 어려운 일인가! 거의 불가능에 가깝다고 하는 것이 옳을 것이다. 하지만 포슐르방은 결코 물러서지 않았다. 자기가 평생 처음으로 남에게 선행을 베풀 기회가 왔다는 생각에 흥분하기도 했다. 마치 생전 마셔보기 어려운 고급 포도주 한 잔을 맛있게 마시려는 것과도 같았다.

그가 공증인이었음을 독자 여러분도 기억할 수 있을 것이다. 그는 나름대로 꾀도 있었다. 게다가 호감을 주는 용모를 하고 있었다. 그는 밤새 궁리한 끝에 방법을 생각해냈다.

아침이 되자 장 발장과 포슐르방은 의논에 들어갔다. 포슐르방이 장 발장에게 말했다.

"제가 어떻게든 해보겠습니다만, 우선 문제가 하나 있습니다. 시장님이 이곳에서 나가시는 게 문제입니다."

"나가다니! 여기 좀 있게 해달라고 부탁하고 있는데 나가버리다니!"

"시장님, 시장님은 하늘에서 떨어지셨지요? 그런데 수녀님들에게도 그렇게 말할 수는 없습니다. 시장님은 정문으로 들어오셔야 합니다. 제가 어떻게든 정문으로 들어오시게는 해놓겠습니다. 하지만 그러려면 우선 여기서 나가셔야 합니다."

그는 코제트를 가리키며 말했다.

"저 애가 여기서 나가는 건 쉬울 겁니다. 제가 등에 지는 채롱에 감추고 나가면 되니까요. 시장님이 나가시는 게 문제입니다."

그때였다. 무슨 종이 울렸다.

"아, 시장님, 조종입니다. 이 수녀원에 죽어가는 원로 수녀가 한 명 있었습니다. 오늘내일하더니 세상을 뜬 모양입니다. 의사가 검시한 뒤 제가 관에 못질을 할 겁니다. 바로 이 방에서이지요. 죽은 사람은 보지라르 묘지에 묻습니다. 거기에 메스티엔이라는 제 친구 한 명이 있는데 무덤구덩이 파는 일꾼입니다."

그때 종소리가 또 울렸다. 포슐르방은 후다닥 방울 달린 무릎 가죽을 찼다.

"원장님이 저를 부르십니다. 꼼짝 말고 기다리고 계세요."

약 10분 후 포슐르방 영감은 어느 방의 문을 두드리고 있었다. 볼 일이 있을 때 원장이 정원사를 불러서 만나보는 면접실 문이었다. 평소 쾌활한 성격의 원장은 걱정스런 표정을 하고 있었다. 포슐르방 영감은 황송한 듯이 절을 하고 입구에 서 있었다.

"아, 당신이에요? 포방 영감."

그는 이곳에서 포방 영감으로 불리고 있었다.

"내가 할 이야기가 있어요."

원장이 말하자 포슐르방 영감도 용기를 내어 말했다.

"저도 원장님께 드릴 말씀이……."

"어서 말해봐요."

그는 입을 열고 떠들기 시작했다. 요약하자면 자기가 나이가 들어 일이 점점 힘들어지는 것 같다, 자기에게 나이가 든 동생이 하나 있는데 힘도 세고 정원사 일도 잘한다, 만일 동생이 채용되어 자신을 돕지 않는다면 자신은 부득이 이 일을 그만둘 수밖에 없다는 내용이었다. 그리고 동생에게는 어린 딸이 하나 있으니 수녀원 품에 안겨 나중에 수녀가 될 수도 있으리라고 덧붙였다.

그가 이야기를 마치자 원장은 가타부타 말없이 저녁때까지 튼튼한 철봉 하나 구할 수 있겠느냐고 그에게 물었다.

"어디 쓰시려고요?"

"지렛대로 쓰려고 그래요."

이윽고 원장이 약간 목소리를 낮추었다.

"오늘 아침에 원로 수녀 한 분이 돌아가신 건 알고 있지요? 복을 받으신 분입니다. 그분은 단순히 죽은 여자가 아니라 성녀예요. 우리 수녀원은 그분으로 인해 축복을 받았어요. 그분이 우리에게 마지막 소원을 말씀하셨어요. 포방 영감, 죽은 이들의 소원은 들어줘야 하는 법이지요. 그분은 속세로 돌아가지 않고 예배당 제단 아래 지하묘소에 매장되고 싶다고 하셨어요. 생시에 기도하던 곳에 계시고 싶다고 하신 겁니다. 부탁이라기보다는 명령하신 거지요."

"하지만 그건 법으로 금지되어 있는데요."

"인간들에 의해서는 금지되어 있지만 주님은 오히려 명령하십니다."

"원장님, 잘 알겠습니다. 수녀원을 위해서라면 무슨 일이건 열성을 다해 하겠습니다. 11시에 예배당에 가겠습니다. 지렛대를 가져오겠습니다. 지하묘소를 열고 관을 내려놓고 다시 지하묘소를 덮겠습니다. 관청에서는 아무도 눈치를 채지 못할 겁니다. 원장님, 그렇게 하면 되는 거지요?"

"아니요."

"그럼 또 뭐가 있습니까?"

"관청에서 가져온 빈 관이 하나 남아 있지요. 그건 어떻게 하지요?"

포슐르방은 잠시 생각에 잠겼다가 말했다.

"그건 바깥 묘지에 묻어야겠지요."

"빈 채로? 일꾼들이 빈 것을 알아차릴 텐데."

"원장님, 관에 흙을 넣겠습니다. 그러면 사람이 그 안에 들어 있는 줄 알겠지요."

"맞아요. 흙은 사람과 같은 거지요. 그럼 빈 관을 그렇게 처리해주겠어요?"

"제가 다 알아서 하겠습니다."

포슐르방이 선선히 대답하자 비로소 원장의 얼굴이 밝아졌다. 그녀는 상사가 부하에게 하듯 물러가라는 손짓을 그에게 했다. 포슐르방이 문 쪽으로 걸어가 밖으로 나가려는 순간 그녀가 조용히 말했다.

"포방 영감, 좋아요. 내일 매장이 끝난 뒤 동생을 내게 데려와요. 딸도 데려오라고 해요."

포슐르방이 어떻게 하면 좋을지 혼란스러워하며 정원의 오두막집에 돌아오니 코제트는 일어나 있었다. 포슐르방이 방으로 들어섰을 때 장 발장은 벽에 걸린 정원사의 채롱을 손가락으로 가리키며 아이에게 설명을 하고 있었다.

"귀여운 아가야, 내 말 잘 들어라. 우리는 여기서 나가야 한단다. 하지만 다시 돌아와 여기서 잘 지내게 될 거야. 이 할아버지가 너를 저 속에 넣은 다음 짊어지고 나갈 거란다. 어떤 아주머니 댁에서 나를 기다리면 내가 찾으러 갈 거야. 테나르디에 아주머니에게 다시 붙잡히고 싶지 않으면 말 잘 듣고 아무 말도 하면 안 돼."

코제트는 눈을 빛내며 고개를 끄덕였다. 그러자 포슐르방 영감이 장 발장에게 말했다.

"저 애는 그렇다 치고 시장님은 어떻게 나가시지요? 들어오신 데로 나가시면 안 되겠어요?"

"그건 절대 안 되오."

그리로 나갔다가는 곧바로 경찰들에게 발각될 것이 뻔했다.

그러자 포슐르방은 장 발장에게 수녀원 원장과 있었던 일을 이야기했다. 그리고 마치 혼잣말하듯 덧붙였다.

"흙을 넣으면 일꾼들이 눈치챌텐데 걱정이란 말이야. 흙이 이리저리 흔들릴 테니. 거기 넣어야 할 죽은 사람은 여기 묻혀 있을 테니."

그러자 장 발장이 말했다.

"산 사람을 넣어요."

"산 사람이요? 누구를 말씀이십니까?"

"나를 넣어요."

그러자 포슐르방이 벌떡 일어났다.

"시장님을요?"

"문제는 아무한테도 들키지 않고 여기서 나가는 거 아니요? 그보다 좋은 방법이 없소. 당신이 관에 못질도 하고 시트도 덮을 테니 아무도 모르게 할 수 있잖소. 나를 시체실로 통하는 헛간에 숨겨주시오. 내일 몇 시에 영구차가 올 예정이오?"

"오후 3시쯤입니다. 해지기 전에 보지라르 묘지에 매장합니다."

"그럼 내가 오늘 밤부터 내일 당신이 관에 못질하러 올 때까지 그 헛간에 숨어 있겠소. 오후 2시쯤이 되겠지? 나는 얼마든지 관 속에 웅크리고 있을 수 있고 쥐죽은 듯 가만히 있을 수 있소. 다만 몇 군데 송곳으로 구멍이나 뚫어주시오. 숨은 쉬어야 하니까."

포슐르방은 장 발장을 관에 넣고 더욱이 무덤에 매장까지 해야 한다고 생각하니 영 마음이 내키지 않았다. 하지만 장 발장의 침착한 모습을 보고 결심했다.

"결국 그 수밖에는 없겠네요. 암튼 시장님이 무사히 관에서만 나오신다면 저는 구덩이에서 시장님을 끌어낼 수 있습니다. 무덤구덩이 파는 일꾼이 제 친구이고 술주정뱅이이니 제 마음대로 할 수 있을 겁니다."

이튿날 해가 저물 무렵, 멘느 가를 오가던 사람들은 구식 영구차가 지나가는 것을 보고 모자를 벗어 조의를 표했다. 그 속에는 흰 시트로 덮은 관이 있었고 관 밖으로는 커다란 검은 십자가 하나가 놓여 있었다. 영구차 뒤로는 신부 한 명과 성가대 어린아이 한 명이 탄 사륜마차가 뒤따르고 있었고 그 옆에 장의사 일꾼 두 명이 걷고 있었다. 그 뒤로는 절름발이 노인 하나가 따라가고 있었다. 장례 행렬은 보지라르 묘지를 향해 가고 있었다.

포슐르방 영감은 매우 흡족한 마음이었다. 그는 두 가지 음모에 가담했고 둘 다 성공했다. 하나는 수녀들과 꾸민 음모이고 다른 하나는 마들렌 씨와 꾸민 음모였다. 하나는 수녀원을 위한 음모였고 다른 하나는 수녀원을 상대로 한 음모였다. 이 이중 음모에 모두 성공한 것이다.

이 음모에서 그를 안심시킨 것은 무엇보다 장 발장의 침착함이었다. 그의 침착성은 주변 사람들도 침착하게 만들 정도로 영향력이 강했다, 포슐르방 영감은 성공을 믿어 의심치 않았다. 이제 남은 일은 아무것도 아니었다. 그는 2년 전부터 벌써 열 번 이상 무덤구덩이 파는 일꾼 메스티엔 영감을 술에 취하게 만들어주었으니 그를 요리하는 건 너무 쉬운 일이었다. 그는 이제 차라리 아주 즐거운 마음이었다.

영구차가 멈추었다. 묘지 입구에 도착한 것이다. 매장 허가서를 제출하고 안으로 들어서려는데 누군가 곡괭이 하나를 끼고 영구차 뒤 포슐르방 옆에 와서 섰다. 모르는 사람이었다. 포슐르방 영감이 그에게 물었다.

"당신 누구시오?"

"무덤구덩이 파는 일꾼이요. 내 이름은 그리비에요."

만약 가슴 한복판을 대포알이 관통한 후에도 살아남은 사람이 있다면 꼭 포슐르방 영감 같은 얼굴을 했을 것이다.

"당신이 무덤구덩이 파는 일꾼이라고!"

"그렇소."

"메스티엔 영감이 아니었나?"

"그는 죽었소."

청천벽력이었다. 모든 것을 다 예상했지만 메스티엔이 죽었으리라는 예상은 하지 못했다. 하지만 포슐르방 영감은 곧바로 정신을 차렸다.

"거 참, 안됐네, 그가 죽다니! 술을 참 좋아하던 영감이었지. 그 영감하고는 늘 술을 즐겨 마셨어. 참 좋은 사람이었는데. 당신도 좋은 사람 같군. 어때, 일 시작하기 전에 함께 한잔하러 갑시다."

"나는 술 안 마셔요. 이래 뵈도 중학교를 졸업한 사람이라고요."

포슐르방은 온갖 꾀를 다 내어 그에게 술 한잔하자고 했지만 그는 막무가내였다. 포슐르방은 망연자실했다.

관 속에 누가 들어 있는가? 독자 여러분도 알다시피 바로 장 발장이었다. 그는 산 채로 그 속에 누워 겨우 숨을 쉬고 있었다. 그는 그 안에서 영구차가 오스테리츠 다리를 건너는 것을 알 수 있었고 처음 정지했을 때 묘지에 들어가고 있다고 생각했고, 두 번째 정지했을 때 이제 구덩이 앞에 놓였음을 느꼈다. 이어서 관을 기울여 구덩이에 넣는 것도 알 수 있었고 이윽고 무덤 밑바닥에 닿았음도 알았다.

이어서 장례 행사가 진행되었다. 그는 관 속에 누워서 생각했다.

'이건 곧 끝날 것이다. 신부는 곧 떠날 것이고 포슐르방은 메스티엔을 데리고 가서 술을 마실 것이다. 얼마 뒤에 포슐르방이 혼자 되돌아올 것이고 나는 여기서 나가게 되리라. 길어야 한 시간 남짓만 기다리면 된다.'

그가 생각하는 중에 갑자기 머리 위에 벼락이 떨어지는 것 같은 소리가 들렸다. 한 삽의 흙이 관 위에 떨어지는 소리였다. 또 한 삽의 흙이 떨어졌다. 이어서 세 번째, 그리고 네 번째 삽이. 흙들이 숨 쉬는 구멍을 막았다. 아무리 장사라도 소용이 없었다. 장 발장은 의식을 잃었다.

도대체 장 발장이 누워 있는 관 위에서 무슨 일이 일어나고 있었기에 무덤이 흙으로 덮이기 시작한 것일까?

사람들이 모두 가버리고 이제 그리비에와 포슐르방만 남아 있었다. 포슐르방은 술값을 자기가 내겠다, 아주 맛 좋은 포도주를 사주겠다며 계속 그리비에를 유혹하고 있었다. 그러나 그리비에는 포슐르방이 아무리 유혹해도 넘어가지 않고 계속 구덩이에 흙을 메우고 있었다. 그때였다. 흙을 뜨려고 몸을 굽힌 그리비에의 윗도리 주머니가 조금 열렸다. 무언가 거기서 하얀 것이 눈에 띄었다. 그와 함께 포슐르방 영감의 눈이 반짝

빛났다.

그리비에가 열심히 일을 하느라 눈치를 못 채는 사이에 그는 그것을 슬쩍 꺼내어 자기 주머니에 넣었다. 무덤 파는 사나이가 네 번째 흙을 구덩이에 넣는 순간이었고 바로 그때 장발장이 의식을 잃은 것이었다.

그가 다섯 번째 삽질을 하려고 몸을 돌렸을 때 포슐르방이 태연하게 그를 바라보고 말했다.

"그런데 새 일꾼, 자네 카드는 가지고 있나? 해가 금세 넘어가는데. 묘지 철문도 곧 닫힐걸."

그제야 일꾼은 호주머니를 여기저기 뒤져보았다.

"아니, 카드가 없네. 집에 두고 왔나봐요."

"벌금이 15프랑이야."

일꾼은 새파랗게 질렸다.

"세상에, 15프랑이나!"

"이보게, 풋내기. 그렇게 당황할 것 없어. 내가 방법을 가르쳐주지. 묘지 철문이 닫히기 전에 얼른 집으로 뛰어가서 카드를 가지고 와. 카드만 있으면 닫혀 있어도 다시 들어올 수가 있어. 그러면 벌금을 안 내도 되잖아. 그동안 시체가 도망가지 않도록 내가 지켜주지.”

“아이고, 당신 덕에 내가 살았습니다.”

무덤 파는 일꾼은 고마워 어쩔 줄 모르며 포슐르방의 손을 잡아 흔들고는 잽싸게 달려가버렸다.

그가 사라지자 포슐르방은 구덩이를 굽어보며 나직한 목소리로 말했다.

“시장님.”

아무 대답이 없었다. 포슐르방은 몸이 오싹했다. 그는 굴러 떨어지듯 무덤 속으로 들어갔다. 머리 쪽에 대고 다시 장 발장을 불렀지만 아무 응답이 없었다. 그는 끌과 망치로 관 뚜껑을 벗겨냈다. 장 발장의 얼굴이 어둠 속에 나타났다. 눈을 감고 있었으며 새파래져 있었다. 포슐방은 머리칼이 곤두섰다. 자세히 들여다보니 장 발장은 창백한 얼굴로 꼼짝도 않고 누워 있었다.

포슐르방은 절망해서 외쳤다.

“아아, 죽었구나. 내가 살려드린다는 게 요 꼴이 되다니.”

그는 흐느끼면서 혼잣말을 했다.

“이건 메스티엔 영감 탓이야. 죽긴 왜 죽어! 아아, 이분이 돌아가셨어. 그런데 이분의 딸은? 내가 그 애를 장차 어떻게 하지? 아아, 이 선량한 분이! 착한 사람들 중에서도 제일 착하신 분이 이렇게 돌아가시다니! 나도 여기 있겠어. 돌아가지 않겠어. 이런 짓을 저지르고 어떻게 돌아가! 두 늙은이가 한다는 짓이 이런 어리석은 짓이 되다니! 시장님! 내 말이 안 들리세요? 시장님!"

그는 머리칼을 쥐어뜯었다. 멀리서 묘지 철문이 닫히는 소리가 들렸다. 포슐르방은 장 발장을 다시 내려다보았다. 그러더니 갑자기 깜짝 놀라 뒤로 물러섰다. 장 발장이 눈을 뜨고 그를 보고 있었던 것이다.

죽음을 목격한다는 것은 무서운 일이다. 그러나 부활하는 모습을 목격하는 것도 그만큼 무서운 일이다. 포슐르방은 너무나 충격을 받아 얼굴이 창백해지고 얼이 빠져버렸다. 그는 너무 당황하여 돌처럼 굳은 채, 자기가 산 사람을 보고 있는지 죽은 사람을 보고 있는지 분간하지도 못하고 있었다.

"잠들었었소." 장 발장이 말했다.

그러더니 그는 벌떡 일어나 앉았다.

포슐르방은 무릎을 꿇었다.

"아이고, 성모 마리아님! 제게 그렇게 겁을 주시다니! 오, 감사합니다, 시장님!"

장 발장은 기절했을 뿐이었다. 바깥바람이 그를 깨워준 것이다. 그는 관에서 나와 널 뚜껑에 다시 못질을 하는 포슐르방을 도와주었다.

얼마 후 그들은 구덩이 밖으로 나와 있었다. 포슐르방은 느긋했다. 그리비에가 다시 돌아올 리는 없었다. 그 '신출내기'는 집에서 열심히 카드를 찾고 있겠지만 포슐르방의 주머니에 있는 카드가 나올 리 없었다. 카드가 없는 한 그는 다시는 이곳으로 들어올 수 없을 것이다.

한 시간 후, 캄캄한 어둠 속에 두 사나이와 어린아이 하나가 피스의 작은 길 62번지에 나타났다. 장 발장과 포슐르방, 그리고 코제트였다. 두 늙은이는 전날 포슐르방이 코제트를 맡겨 놓았던 과일가게 노파 집에 가서 아이를 찾아온 것이다.

수녀원 원장이 묵주를 손에 들고 그들을 기다리고 있었다. 원장은 그들을 선선히 맞아들였다.

코제트는 곧 수녀원 생활에 익숙해졌다. 포슐르방 영감은 이번 일로 한꺼번에 세 가지 보상을 받았다. 우선 그 일을 해냈다는 것 자체가 그는 더 없이 흐뭇했다. 다음으로 장 발장과 수녀원 일을 나누어 했기에 일이 훨씬 줄어들었다. 마지막으로 그는 좋아하는 담배를 훨씬 많이 피울 수 있게 되었다. 마들렌 씨가 담배 값을 치러주기 때문이었다.

수녀들은 장 발장을 '다른 포방'이라고 불렀다. 그녀들은 밖으로 나가는 일은 모두 손 위의 포방이 하고 '다른 포방'은 절대로 밖에 나가지 않는다는 것에도 전혀 주의를 기울이지 않았다. 그가 밖으로 절대 나가지 않은 것은 정말 잘한 일이었다. 자베르가 그 지구 일대를 꼬박 한 달도 넘게 감시하고 있었던 것이다.

이 수녀원은 장 발장에게는 심연으로 둘러싸인 섬 같은 곳이었다. 거기서 그는 하늘을 바라보며 심신의 상쾌함을 느꼈고, 코제트를 바라보며 행복을 느꼈다. 코제트는 날마다 한 시간씩 그의 곁에 와서 지내도록 허락을 받았다. 그에게 평온한 생활이 다시 시작된 것이다.

수녀원은 장 발장에게 두 번째 유폐장소였다. 첫 번째는 바로 형무소였다. 그곳은 무시무시하고 끔찍한 장소였다. 거기서 만난 남자들은 도둑질, 폭행, 강도, 살인을 저질렀다. 그들은 사기꾼, 살인자, 방화자, 부모 살해자였다.

하지만 이곳에 있는 여자들은 아무 짓도 하지 않았다. 있는 것은 단 한 가지, 순결뿐이었다. 형무소의 남자들은 쇠사슬에 묶여 있었지만 이곳의 여자들은 신앙에 의해 묶여 있었다. 형무소의 남자들에게서는 저주와 증오와 사회에 대한 분노가 넘쳤지만 이곳에서는 축복과 사랑만이 있었다.

장 발장은 이곳에서 겸손을 배웠다. 그의 마음속에 자신도 모르게 자라고 있던 교만한 생각이 사라져버렸다. 이따금 그는 인기척이 없는 시간에 예배당 창을 들여다보며 기도하는 수녀 앞에 무릎을 꿇고 기도하곤 했다. 그는 감히 천주 앞에서는 직접 무릎을 꿇을 자격이 없다고 생각하는 것 같았다.

그를 둘러싸고 있는 모든 것, 그 평화로운 정원, 그 향기로운 꽃들, 즐겁게 떠드는 어린아이들, 근엄하고 소박한 수녀들, 이 모든 것들이 서서히 그의 내부로 스며들어와, 그의 마음은 점점 더 그 수도원과 같은 고요로, 그 정원 같은 평화로, 그 수녀들 같은 소박함으로, 그 어린아이들 같은 기쁨으로 가득 차게 되었다.

그는 형무소와 수녀원이 위기에서 자기를 맞아준 하느님

의 두 집이라고 생각했다. 첫 번째 집은 세상 모든 문들이 모두 닫히고 인간사회가 그를 배척했을 때 그에게 문을 열어주었다. 두 번째 집은 인간사회가 그를 뒤쫓고 형무소가 다시 입을 벌렸을 때 그에게 문을 열어주었다. 첫 번째 집이 없었다면 그는 다시 범죄에 빠졌을 것이고 두 번째 집이 없었다면 그는 다시 형벌에 빠졌을 것이다.

그의 온 마음은 감사로 부드러워졌으며, 점점 더 사랑으로 충만했다.

그렇게 여러 해가 흘러갔고, 코제트는 점점 커갔다.

제3부

마리우스

할아버지와 손자

부슈라 거리와 노르망디 거리, 그리고 생통주 거리에서 질노르망이라는 노인은 아주 유명했다. 사람들은 그의 옛일을 기억하고 그에 대해 이야기하는 것을 즐겼다. 대단한 정력가인 그는 그만큼 이야깃거리를 많이 남겼다. 그는 그랑 부르주아였고 대단한 정력과 혈기를 지닌 노인이었다. 그는 마레의 피유 디 칼베르 거리 6번지에 살고 있었다.

그에게는 두 딸이 있었는데 둘째 딸은 결혼을 했으나 서른 살 되었을 때 죽었고 그녀보다 10살이 위인 큰딸은 평생 결혼을 하지 않았다. 그런데 사위, 그러니까 죽은 둘째 딸의 남편이 문제였다. 그는 나폴레옹 제국의 군인이었고 오스테리츠 전투에서 훈장을 받았고 워털루 싸움에서는 대령으로 진급했다.

왕당파인 질노르망 노인은 자기 딸이 나폴레옹 휘하의 군인과 결혼한 것을 집안의 수치로 여겼다. 그는 사위를 '루아르강의 불한당'이라고 불렀다.

질노르망 노인에게는 외손자가 있었다. 바로 그 '루아르강의 불한당'의 아들이었다. 루이 18세가 복위했을 당시, 그러니까 1815년에 그 아이는 다섯 살의 미소년이었다. 살결이 희고 혈색이 좋았으며 초롱초롱한 눈은 자신감에 차 있었다. 하지만 사람들은 그 애를 보면 '가엾은 아이'라고 불렀다. '루아르강의 불한당'의 아들이었기 때문이다.

그 시대의 전쟁 기록을 꼼꼼히 살펴보면 '조르주 퐁메르시'라는 이름을 발견할 수 있다. 기록을 요약하면 다음과 같다.

> 퐁메르시가 젊은 나이에 생통주 연대의 병사로 있을 때 혁명이 터졌다. 그는 전쟁에서 공을 세워 장교로 진급했고 뛰어난 능력을 발휘했다. 그리고 나폴레옹이 엘바섬에 유배되었을 때 그를 따라갔다.

나폴레옹이 엘바섬에서 탈출해서 다시 제위에 올랐을 때 그는 나폴레옹 군대의 용감한 장교로서 맹활약했다. 그는 워털루 전투에서 뒤부아 여단에 속한 기갑부대 중대장이었다. 그는 전투에서 프러시아 군의 군기를 빼앗았다. 그는 그 군기를 가지고 와서 황제의 발아래 던졌다. 군기를 빼앗다가 칼을 맞아 온몸이 피투성이였다. 황제는 기뻐하며 그에게 큰 소리로 말했다.

"그대는 대령이다. 그대는 남작이다! 그대에게 레지옹 도뇌르 훈장을 내린다."

그가 바로 '루아르강변의 불한당'이었다.

왕정복고 후 그는 한직으로 밀려날 수밖에 없었다. 나폴레옹의 백일 치하에 일어난 일은 전부 무효가 되었다. 국왕 루이 18세는 그의 대령 계급도, 남작 칭호도, 레지옹 도뇌르 훈장도 인정하지 않았다. 그러나 퐁메르시는 언제나 '육군 대령 남작 퐁메르시'라고 서명을 했으며, 레지옹 도뇌르 훈장을 달지 않고는 외출하지 않았다.

그는 기병 중대장의 쥐꼬리만 한 봉급 외에는 아무것도 없는 사람이었다. 그는 베르농의 집들 중에 가장 작은 집에 세들어 살았다. 그런데 제정 때 그는 질노르망 양과 눈이 맞아 결혼을 했다. 늙은 부르주아는 분개했으나 어쩔 수 없었다. 그런데 질노르망 양이 사내 아이 하나를 남겨두고 1815년에 세상을 떴다. 외로이 사는 대령에게는 그 아이만이 유일한 기쁨이었다. 그런데 외할아버지가 손자를 달라고 요구했다. 만일 손자를 자기에게 주지 않으면 손자의 상속권을 박탈하겠다고 으름장을 놓았다. 아버지는 아들을 위해서 양보할 수밖에 없었다.

질노르망 씨는 사위와의 관계를 완전히 끊어버렸다. 그리고 그가 아들과도 절대로 만나지 못하게 했다. 위반하면 아들이 집안에서 쫓겨나고 상속권도 박탈당한다고 합의를 해놓았던 것이다. 질노르망 집안사람들에게 퐁메르시는 페스트 환자였다.

대령은 어쩔 수 없었다. 자기만 희생하면 된다고 생각했다. 질노르망 영감의 유산은 보잘 것 없었지만 아이의 이모, 즉 죽은 아내의 언니인 질노르망 양의 유산은 막대했다. 여전히 처녀인 이 여자는 어머니 쪽으로부터 막대한 유산을 물려받아 부자였고, 그녀의 여동생의 아들, 즉 대령의 아들은 당연히 그녀의 상속인이었다.

아이의 이름은 마리우스였다. 그는 자기 아버지가 있다는 것은 알고 있었지만 그 이상은 아는 것이 없었다. 아무도 그에 대해서 입을 열지 않았다. 어쩌다 아버지 이름이 나올 때마다 사람들이 비웃고 경멸하는 것만 보았을 뿐이다. 아이는 당연히 그 태도에 물들었다. 아이는 아버지를 생각하면 수치와 고통밖에는 느끼지 않았다.

아이가 그렇게 자라는 사이 대령은 두세 달마다 한 번씩 마치 추방령을 어기는 전과자처럼 살짝 파리로 왔다. 그는 마리우스의 이모 질노르망 양이 아이를 성당에 데리고 오는 시간에 생 쉴피스 성당에 가서 숨었다. 그는 아이 이모에게 들키지 않게 기둥 뒤에 숨어서 어린아이를 바라보곤 했다.

그런데 이 성당의 집사 한 명이 그런 그의 모습을 여러 번 보게 되었다. 볼 위에 흉터가 있는 사나이가 눈물을 글썽이며 아이를 바라보는 모습이 그를 감동시켰다. 그 집사는 이 성당 사제의 동생이었다. 집사는 어느 날 형을 만나러 베르농으로 가다가 다리 위에서 퐁메르시 대령을 만났다. 바로 기둥 뒤에서 울던 사나이였다. 집사는 그 사람 이야기를 형에게 했다. 사제도 감동을 받아 둘은 핑계를 만들어 함께 대령을 찾아갔다. 한 번 왕래가 트이자 사제와 집사는 여러 번 대령 집을 찾아갔다. 대령은 처음에는 입을 다물었으나 마침내 입을 열었고 그들은 사정을 다 알게 되었다. 그들은 아들을 위해 자신의 행복을 희생한 대령에게 존경과 애정을 품게 되었다.

마리우스는 한 해에 두 번 아버지에게 편지를 보냈다. 이모가 불러주는 대로 받아 적는 일종의 숙제 같은 것이었다. 질노르망 씨가 용납한 것은 그것이 전부였다. 아버지는 아주 다정하게 답장을 했지만 그 편지는 할아버지 호주머니로 들어갔을 뿐이었다.

마리우스가 어느 정도 자랐을 때 그의 외할아버지는 그에게 가정교사를 두어 공부를 시켰다. 이어서 마리우스는 중학교를 졸업한 후 법률 학교에 들어갔다. 그는 의젓하고 너그럽고 자존심이 강한 청년이 되었다. 그는 열정적이면서 냉정한 청년이었고 위엄이 있었으며, 야만스러울 정도로 순수했다.

1827년, 마리우스가 열일곱 살이 되었다. 어느 날 저녁 그가 밖에서 돌아왔을 때 할아버지가 손에 편지 한 통을 들고 있었다. 할아버지가 그에게 말했다.

"마리우스, 내일 베르농에 가서 네 애비를 만나봐라."

마리우스는 떨떠름할 수밖에 없었다. 자신이 아버지를 만난다는 건 꿈에도 생각해본 적이 없었다. 이보다 더 뜻밖이고 이보다 더 불쾌한 일은 없었다. 마리우스는 아버지가 자신을 조금도 사랑하지 않는다고 확신하고 있었다. 자기를 이렇게 버리고 다른 사람에게 맡기지 않았는가! 언제 한번 자기를 보러 온 적이 있었던가!

그는 하도 어이가 없어서 할아버지에게 질문도 하지 않고 가만히 있었다.

할아버지가 말을 이었다.

"아픈 모양이다. 너를 좀 보잔다. 내일 아침에 마차를 타고 떠나거라. 위중한 모양이다."

이튿날 해질 무렵 마리우스는 베르농에 도착했다. 그는 아버지의 집을 물어 찾아갔다. 그가 벨을 울리자 한 여자가 조그만 남포등을 들고 나와 문을 열어주었다.

"퐁메르시 씨 계신가요? 그분 좀 만나 뵐 수 있을까요?"라고 마리우스가 물었다.

그러자 여자가 고개를 저었다.

"저는 그 사람 아들인데요."

그러자 여자가 말했다.

"그분은 이제 당신을 기다리고 있지 않습니다."

여자는 울고 있었다. 그녀는 손가락으로 방문을 가리켰다. 마리우스는 안으로 들어갔다.

벽난로 위에 한 자루의 양초가 방을 밝히고 있었으며 방에는 세 사나이가 있었다. 한 명은 서 있었고, 한 명은 무릎을 꿇고 있었으며 또 한 명은 셔츠 바람으로 방바닥에 누워 있었다. 그 누워 있는 사람이 대령이었다. 서 있는 사람은 의사였고 무릎을 꿇고 기도하고 있는 사람은 사제였다.

대령은 사흘 전 뇌염에 걸렸다. 병에 걸리자 그는 불길한 예감에 장인에게 아들을 보내달라고 편지했다. 그러나 아들은 오지 않았다. 마리우스가 베르농에 도착한 바로 그날 저녁, 대령은 침대에서 벌떡 일어나더니 외쳤다.

"우리 아들은 안 오는구나. 내가 가서 만나봐야겠다."

그는 방을 나가더니 옆방 방바닥에 쓰러졌다. 그리고 곧 바로 숨이 끊어졌다. 사람들이 의사와 사제를 불렀다. 그러나 결국 둘 다 너무 늦게 도착한 셈이었고 아들도 너무 늦게 도착했다.

마리우스는 처음이자 마지막으로 아버지의 얼굴을 자세히 들여다보았다. 늠름하고 위엄 있는 얼굴이었으며 그 얼굴에 커다란 칼자국이 있었다. 그는 슬픔을 느꼈다. 하지만 다른 사람이 그렇게 죽어 있더라도 느낄 정도의 슬픔이었을 뿐이다.

대령은 남긴 것이 아무것도 없었다. 세간을 다 팔아도 장례식 비용이 될까 말까 할 정도였다. 하녀가 방에서 종잇조각을 하나 발견해서 그에게 주었다. 거기에는 대령의 친필로 이런 내용이 적혀 있었다.

> 내 아들에게,
>
> 황제께서 워털루 전쟁터에서 나를 남작에 봉하셨다. 복고 정부가 내가 피 흘려 얻은 그 작위를 나에게 인정하지 않으니 내 아들이 그것을 취하여 사용하라. 내 아들이 그럴 자격이 있음은 두말할 필요가 없다.
>
> 하나만 더 덧붙인다. 그 워털루 전쟁터에서 한 하사관이

내 생명을 구해주었다. 그의 이름은 테나르디에라고 한다. 파리 교외의 몽페르메유라는 마을에서 조그마한 여관을 경영하고 있는 것으로 안다. 만일 내 아들이 테나르디에를 만나게 되면 할 수 있는 한 모든 도움을 그에게 주도록 해라.

그는 아무 생각 없이 쪽지를 받아 주머니에 넣었다. 마리우스는 베르농에 이틀만 머물고 돌아왔다. 그는 파리로 돌아와 다시 법률 공부를 시작했으며 아버지는 더 이상 생각하지 않았다. 대령은 이틀 만에 매장되었고 사흘 만에 잊힌 것이다. 마리우스는 모자에 상장을 달았다. 그것이 전부였다.

마리우스는 나이가 들어서도 어렸을 때처럼 일요일마다 생쉴피스 성당에 가서 미사를 보았다. 어느 일요일 성당에 간 그는 무심코 '집사 마뵈프'라고 적혀 있는 벨벳 의자 위에 무릎을 꿇고 앉아 있었다. 미사가 시작되자 한 노인이 마리우스를 보고 말했다.

"이보게 젊은이, 이건 내 자린데……."

마리우스는 얼른 비켜주었고 노인은 그 자리에 앉았다. 미사가 끝나자 노인이 마리우스에게 다가와서 말했다.

"내가 아까 좀 실례했지? 변명을 좀 해야겠어."

마리우스가 괜찮다고 했는데도 노인이 말했다.

"내가 그 자리를 고집하는 이유가 있다오. 여러 해 동안 한 가엾은 아버지가 두세 달에 한 번씩 이 자리에 와서 몰래 아들을 훔쳐보며 눈물 흘리는 것을 보았거든. 그때가 아니면 아들을 볼 기회가 없었으니까. 아이는 아버지가 자기를 그렇게 훔쳐보는 걸 몰랐겠지. 그가 눈물을 하염없이 흘리는 걸 보면 아들을 얼마나 사랑하는지 알 수 있었지. 내가 감동을 받았으니까. 내게는 그 자리가 성스러운 자리가 되었고 거기서 미사를 보는 게 내 버릇이 되었다오. 후에 그 사람을 만나 사연을 알게 되었는데 그가 아들을 만나면 아들의 상속권을 박탈하겠다고, 아들의 외할아버지가 협박한 모양이더군. 자기 아들의 행복을 위해 자신을 희생한 거지. 정치적인 의견 때문에 부자 사이를 그렇게 갈라놓다니……. 그분은 보나파르트의 대령이었다오. 그는 죽었지요. 사제인 우리 형님이 계시는 베르농에 살고 있었는데 퐁마리이던가, 아니면 몽페르시인가, 그런 이름이었지? 아 참, 뺨에 커다란 칼자국이 하나 있던

데…….”

마리우스가 안색이 창백해지며 말했다.

“퐁메르시 아닌가요?”

“맞아, 퐁메르시! 젊은이도 그분을 아는가?”

“제 아버지였습니다.”

“아, 자네가 바로 그 아들! 맞아. 이제 성인이 되었을 테니. 아이고, 가엾어라! 암튼 젊은이, 자네는 이제 당당하게 나를 무척 사랑하신 아버지가 계셨다고 말할 수 있어. 내가 산증인이야.”

마리우스는 노인을 부축해서 그의 집까지 모셔다 주었다.

이튿날 마리우스는 질노르망 노인에게 말했다.

“친구들과 사냥을 가기로 약속했어요. 한 사흘 집을 떠나 있어도 될까요?”

“나흘이라도 좋다” 하고 할아버지는 대답했다.

정력이 넘치는 노인은 눈을 껌뻑거리며 나지막한 목소리로 딸에게 말했다.

“애인이 생긴 거야!”

그가 사흘 동안 어디에 갔던 것일까? 그가 찾아간 곳은 몽페르메유였다. 아버지가 남긴 유언을 따르기 위해 테나르디에를 만나러 간 것이다. 하지만 테나르디에는 파산했고 여관은 닫혀 있었다. 그의 소식은 어디서도 들을 수 없었다. 그는 다시 파리로 돌아왔다.

파리로 돌아온 그는 곧장 법률학교 도서관으로 가서 옛 프랑스 정부 신문들을 구해서 읽었다. 그는 「육군 보고서」에서 아버지의 이름을 발견했고 꼬박 일주일간 흥분했다. 그는 퐁메르시가 근무했던 부대의 장군들을 찾아가 아버지 이야기를 들었다. 그는 아버지가 얼마나 용감하면서 동시에 온화한 사람이었는지를 확실히 알게 되었다. 그는 아버지를 열렬히 사랑하게 되었다.

그와 동시에 자신이 훑어본 역사에 놀랐다. 경탄 그 자체였다. 전에 미워했던 것을 이해하게 되었고, 맹목적으로 싫어했던 것에 대해 자세히 알고 생각하게 되었다. 이윽고 아버지의 명예회복에 이어 나폴레옹이 명예를 회복하게 되었다. 황제는 그에게 빛나는 프랑스를 건설할 수 있었던 위대한 영웅으로 다시 태어났다. 나폴레옹은 그에게 종교가 되었다.

당연히 마리우스는 할아버지로부터 멀어져갔다. 아버지에

대한 효심이 커갈수록 할아버지에 대한 혐오감이 커졌다.

마리우스는 할아버지의 집을 떠나버렸다. 그냥 떠난 것이 아니었다. 공화국과 나폴레옹 제국을, 더 나아가 사위를 그토록 증오하던 할아버지에게, 바로 그 아버지를 존경한다고 선언하고 집을 떠났다. 질노르망 노인은 노기충천해서 딸에게 말했다.

"저 흡혈귀 같은 녀석에게 6개월마다 600프랑씩 보내주고 다시는 저놈 이야기를 내 앞에서 하지 마라."

마리우스는 집을 나갔다. 어디로 갈 것인지 말하지도 않았고 자신이 어디로 갈 것인지 알지도 못했다. 30프랑의 돈과 회중시계, 몇 가지 옷 나부랭이가 든 여행 가방만 지닌 채, 삯 마차에 몸을 싣고 무턱대고 라탱 구 쪽으로 향했다.

ABC의 벗들

1831년, 겉으로는 평온해 보였지만 어떤 혁명적인 움직임이 은연중에 흐르고 있었다. 1789년과 1792년의 숨결이 되돌아와 공중에 감돌고 있었다. 젊은이들은 이른바 탈바꿈을 하고 있는 중이었다. 시계판에서 가고 있는 바늘은 사람들 영혼 속에서도 가고 있었다. 사람들은 저마다 가야하는 길을 향해 앞으로 걸음을 내딛고 있었다. 왕정주의자들은 자유주의자가 되었고 자유주의자들은 민주주의자가 되었다.

프랑스에는 아직 독일의 투겐트분트 같은 학생들의 결사조직이나 이탈리아의 카르보나리 같은 자유 쟁취를 위한 대규

모 결사조직은 없었다. 하지만 여기저기 잘 눈에 뜨이지 않는 조직들이 은밀하게 생겨나 가지를 뻗치고 있었다. 그런 파리의 결사단체 중에서도 'ABC의 벗들'이라고 부르는 조직이 있었다.

'ABC의 벗들'은 겉으로는 어린아이들의 교육을 목적으로 하는 단체였지만 사실은 인간의 권리 신장이 목표였다. 그들 조직은 크지 않았다. 아직 초기였기 때문이다. 'ABC의 벗들'의 회원은 대부분 학생이었으며 몇몇 노동자들과도 관계를 맺고 있었다. 'ABC의 벗들'은 앙졸라, 콩프페르, 쿠르페라크 등이 지도자와 중심이 되어 이끌었다.

집에서 나온 며칠 후 마리우스는 'ABC의 벗들'의 우두머리 중의 하나인 쿠르페라크를 알게 되었고 곧 친구가 되었다. 마리우스는 쿠르페라크 곁에서 자유롭게 숨을 쉴 수 있었다. 쿠르페라크는 마리우스에게 아무것도 묻지 않았다. 그 또래끼리는 얼굴 한번만 보아도 단번에 모든 것을 알게 되는 법이다. 말은 소용없었다. 용모가 모든 것을 말하는 그런 시기인 것이다.

쿠르페라크는 마리우스의 귀에 대고 속삭였다.

"자네를 혁명의 대열에 소개하고 싶네."

그는 'ABC의 벗들'의 회원이 되었다.

어느 날 아침, 마리우스는 이모에게서 온 편지를 받았다. 그 안에는 600프랑이 들어 있었다. 마리우스는 정중한 편지와 함께 600프랑을 이모에게 돌려보냈다. 앞으로 필요한 모든 것은 스스로 알아서 해결하겠다는 내용과 함께였다. 이때 그의 수중에는 단 돈 3프랑이 남아 있었다.

마리우스의 생활은 말할 수 없이 궁핍해졌다. 빵이 없는 나날들, 잠 못 이루는 밤, 촛불조차 없는 저녁, 희망 없는 장래, 행색 때문에 사람들에게 받는 모욕, 방세를 못 치러 잠긴 문, 이런 것들이 그의 현실이었다. 실로 무서울 정도로 궁핍했다.

질노르망 이모는 여러 번 되풀이해서 그에게 600프랑을 보냈다. 마리우스는 필요 없다며 그것을 되돌려 보냈다. 그러는 사이 그는 변호사 자격을 얻었다. 하지만 그는 결코 변호사 일을 하지 않았다. 그래서 그는 여전히 궁핍했다.

빈궁이란 것도 다른 모든 것과 마찬가지로 결국은 견딜만하게 되는 법이다. 빈궁도 나름대로 제 꼴을 갖추게 되어 있는 것이다. 사람은 근근이라도 살아가게 되어 있다. 달리 말한다면 신통치는 못하더라도 그럭저럭 살아갈 수 있도록 적응하고 발전하게 되어 있는 게 바로 인간이다. 마리우스는 힘든 노동과 용기, 인내와 의지로 1년에 약 700프랑을 벌 수 있었다. 그는 쿠르페라크의 소개로 출판업자와 친분을 맺을 수 있었다. 그는 광고문을 작성하고 신문들을 번역하고 출판물에 주를 달고, 전기들을 편집하면서 돈을 벌 수 있었다. 그리고 그 돈으로 엄청나게 절약을 하며 살았다.

그러는 사이 마리우스는 스무 살이 되었다. 그가 할아버지 곁을 떠난 지도 3년이 지난 셈이었다. 그들은 둘 다 서로를 만나려고 애쓰지 않았다. 다시 만나본들 무슨 소용이 있었을 것인가? 서로 충돌하기 위해서? 누가 누구를 이길 수 있겠는가? 마리우스는 청동으로 만든 병이었고 질노르망 영감은 쇠로 만든 항아리였다. 하지만 은밀히 말하기로 하자. 사실상 노인은 마리우스를 그리워하고 있었다. 어쨌건 마리우스는 그의 손자였다. 아무리 무슨 짓을 하더라도 손자를 사랑하지 않는 할아버지는 없는 법 아니겠는가? 하지만 노인은 자존심 때문에 겉으로 전혀 내색하지 않았다.

노인이 마리우스를 쫓아내던 날 마리우스는 아직 어린애였다. 하지만 이제 마리우스는 성인이 되었다. 마리우스는 속으로 그것을 느끼고 있었다. 그리고 그가 곤궁하게 지낸 것은 그에게 유익했다.

젊었을 때의 가난은 잘만 겪게 되면 젊은이의 의지가 노력이라는 더 없이 좋은 결실을 맺을 수도 있다. 또한 그의 마음을 희망으로 바꾸어주는 훌륭한 면도 지니고 있다. 가난은 물질적 풍요의 껍질을 벗겨내어 그것을 흉물로 만들어줄 수 있게 해준다. 그로 말미암아 이상적인 생활을 향한 도약이 가능해진다.

돈 많은 젊은이는 오만 가지 화려하고 육체적인 오락을 즐긴다. 경마, 사냥, 담배, 노름, 맛 좋은 식사 등등이 영혼의 고결한 면을 없애버린다. 하지만 가난한 젊은이는 빵을 얻기 위해 고생한다. 그는 형편없는 음식을 먹으며 명상에 잠긴다. 그 명상 속에서 그는 하늘을, 별을, 꽃들을, 어린애들을 보고 그 속에서 빛나고 있는 것들을 본다. 그는 인류에게서 영혼을 보고, 삼라만상에서 신을 느낀다.

그런 젊은이는 지혜의 백만장자가 되어 물질적 백만장자를 가엾게 여기게 된다. 그의 가슴에 광명이 비쳐 들어옴에 따라 그의 가슴속의 증오심이 사라져간다.

젊은이의 가난은 결코 가엾거나 불쌍한 것이 아니다. 아무리 가난한 젊은이라도 늙은 황제가 부러워할 건강, 힘, 활발한 걸음걸이, 반짝이는 눈, 뜨겁게 도는 피, 검은 머리, 싱싱한 뺨, 발그레한 입술, 하얀 이를 지니고 있다. 아침마다 제 손으로 생활비를 벌면서 그의 허리는 자존심으로 꼿꼿하다. 손으로는 생활비를 벌어들이면서 그의 두뇌는 생각을 벌어들인다. 일은 그를 자유롭게 해주고 생각하는 힘을 준다. 둘 다 부자들에게는 없는 것이다. 그런 젊은이는 그 둘을 선사한 신에게 감사한다.

당시 마리우스에게 일어난 일들이 바로 그런 것들이었다.

한 가지만 더 독자 여러분에게 알려주자. 그는 고르보의 오막살이에 세 들어 살았다. 산책을 하다가 외딴 집인데다 집세가 싸서 거기에 거처를 정했다. 그는 1년에 30프랑을 내고 좁고 지저분한 방을 하나 빌렸다. 고르보의 오막살이는 장 발장이 코제트를 파리로 데려왔을 때 처음 거처로 정한 곳이었다는 것을 독자들은 기억하고 있으리라.

두 별의 만남

이 무렵 마리우스는 중키의 아름다운 청년이었다. 숱이 많은 새까만 머리, 훤칠하고 지적인 이마, 훤히 열린 정열적인 콧구멍, 진실하고 침착한 표정을 하고 있었으며, 얼굴 전체에는 뭔지 알 수 없는 품위가 감돌고 있었다. 그의 얼굴은 무언가 깊은 생각에 잠긴 것 같은 느낌을 주면서 동시에 더없이 순진하게 보이기도 했다.

그의 태도는 신중하고 냉정했으며 동시에 정중했다. 그의 입은 매력적이었고 새빨간 입술을 하고 있었기에 얼굴에 미소라도 띠게 되면 그의 용모에서 풍기는 근엄함이 다소 누그러졌다.

그가 길을 가면 처녀들이 그를 뒤돌아보았다. 그는 자신의 옷차림을 보고 그녀들이 비웃는다고 생각하고 도망치거나 숨어버렸다. 사실은 그녀들이 그의 매력적인 모습에 뒤를 돌아본 것이었는데!

그런 일이 자주 있다보니 그는 여자들이 사귀기 어려운 청년이 되어버렸다. 모든 처녀들 앞에서 얼굴을 감추다보니 여자들과는 아예 사귈 기회조차 오지 않았다. 그런 그를 쿠르페라크는 "신부님, 안녕하시오?"라며 놀려댔다.

그런 마리우스가 도망가지도 않고 조금도 경계하지 않는 여자가 딱 둘 있었다. 하나는 그의 방을 청소해주는 수염 달린 노파였다. 또 한 명은 아주 자주 얼굴을 보게 된 소녀였다. 그는 그 소녀와 자주 마주쳤지만 그녀를 결코 유심히 보지 않았다.

1년도 더 전부터, 뤽상부르 공원의 가장 인적 드문 산책로 맨 끝 벤치에 한 남자와 어린 소녀 한 명이 나란히 앉아 있는 것이 마리우스의 눈에 띄었다. 마리우스는 그 길을 좋아해서 거의 매일 그곳을 산책했다.

남자는 예순쯤 되어보였다. 그는 침울해 보였지만 진실한 사람 같았다. 그는 좋은 사람 같았지만 뭔가 접근하기 어려운 사람 같았다. 그는 푸른 바지에 푸른 프록코트를 입고 퀘이커 교도나 입을 법한 새하얀 윗도리를 입고 있었다.

여자아이는 열세 살쯤 돼 보였다. 어쩌면 조금 더 나이가 든 것 같기도 했다. 거의 못생겼다고 할 만큼 어색하고 평범했으며 눈만이 아름다운 것 같았다. 수도원의 기숙생처럼 늙은이 같으면서 동시에 어린애 같은 차림새를 하고 있었다. 둘은 부녀간 같았다.

그들 남녀는 유난히 사람들의 눈길을 피하는 것 같았다. 오히려 그 때문에 강의가 끝난 뒤 자주 그 길을 산책하던 대여섯 명의 학생들의 주의를 끌었다. 쿠르페라크도 그중의 하나였다. 그는 소녀가 못생겼다고 생각하고 더 이상 그들에게 관심을 두지 않았다. 다만 소녀의 검은 옷과 노인의 백발에 따라 소녀를 '라누아르(검은색이라는 뜻) 양'이라고, 노인을 '르블랑(흰색이라는 뜻) 씨'라고 불렀다. 아무도 그들이 누구인지 몰랐고 이름도 몰랐기에 그들은 그 이름으로 통했다. 우리도 잠시 그를 르블랑 씨라고 부르기로 하자.

그런데 도중에 마리우스에게 무슨 일인가 생겨서 뤽상부르 공원의 산책을 6개월가량 중단하는 일이 벌어졌다. 그리고 어느 날 다시 그곳에 가게 되었다. 맑은 여름날 저녁이었다. 날씨 덕에 마리우스는 기분이 좋았다.

그는 곧장 자신이 늘 가던 산책로로 갔다. 그 길 끝에 이르자 낯익은 남녀 한 쌍이 같은 벤치에 앉아 있는 것이 눈에 띄었다. 다만 가까이 다가가보니 남자는 똑같은 사람이었지만 여자는 전혀 다른 사람이었다. 그의 눈에 보이는 여자는 키가 크고 아름다웠으며 어린애의 천진난만한 매력이 녹아 있는 가운데 여자로서의 아름다운 자태를 모두 갖추고 있었다. 오직 '15세'라는, 그 덧없고 순수한 시기의 여성만이 보여줄 수 있는 모습이었다. 황금빛 아름다운 머리에 대리석 같은 이마, 연붉은 장미 꽃잎 같은 뺨, 눈부시게 흰 살결, 환한 빛 같은 웃음이 떠오르고 음악처럼 말소리가 새어나오는 입술, 뛰어난 화가들의 성모 마리아나 비너스 그림에서나 보았음직한 목과 머리 등, 너무 고혹적이었다.

마리우스는 그녀가 그 남자의 다른 딸인 줄 알았다. 전에 보았던 소녀의 언니려니 했다. 그러나 벤치 옆에 가서 자세히 보니 같은 여자였다. 여섯 달 동안에 소녀는 처녀가 된 것이었고 그게 전부였다.

그녀는 이제 더 이상 메리노 모직 드레스를 입고 학생 구두를 신은 기숙 학생이 아니었다. 우아하게 좋은 옷으로 차려입은 아름다운 숙녀였다. 그녀의 옆을 지나면 그녀의 몸치장 모든 것에서 강렬한 젊음의 향기가 뿜어 나오고 있었다.

하지만 마리우스가 그녀에게 특별히 주의를 기울인 것은 아니다. 그는 그날 이후로도 매일 그곳을 지나며 두 부녀의 모습을 보았지만 여자가 아름답게 변했다고만 생각했을 뿐 그 여자가 소녀였을 때와 마찬가지로 그녀에 대해 특별한 생각은 품지 않았다. 그는 그냥 습관적으로 그녀가 앉아 있는 벤치 옆을 지나갔을 뿐이었다.

그러던 어느 날이었다. 날씨는 따뜻했으며 뤽상부르 공원에는 햇빛이 넘쳐흐르고 있었다. 하늘은 마치 천사들이 씻어 놓은 것처럼 맑았으며 마로니에 숲에서 새들이 지저귀고 있었다. 마리우스는 자연을 향하여 마음을 활짝 열고 그 벤치 옆을 지나갔다. 그때 마침 처녀가 고개를 들었고 둘의 눈이 마주쳤다.

그 처녀의 시선에 무엇이 담겨 있었던가? 마리우스는 뭐라고 말할 수 없었다. 아무것도 없었으며 동시에 모든 게 있었다. 그것은 이상한 섬광이었다.

그녀는 눈길을 낮추었고 그는 길을 계속 갔다. 그가 본 것은 어린애의 순진한 눈이 아니었다. 그것은 방긋 열렸다가 갑자기 닫혀버린 신비로운 심연, 바로 그것이었다.

몇 달이 흘렀다. 마리우스는 매일 뤽상부르 공원의 같은 장소에 갔다. 그러나 이전과는 달랐다. 그는 더 이상 일상복을 입고 공원에 가지 않았다. 그는 옷장에서 새 예복과 새 바지, 새 모자, 새 장화를 꺼내어 차려입고 한껏 멋을 낸 후 공원에 갔다. 그는 그녀에게 홀딱 반해 있었다. 그에게 사랑이 찾아온 것이다. 그는 황홀경 속에서 살고 있었다. 그는 처녀도 자신을 보고 있다고 확신했다. 그는 밤마다 사랑의 꿈을 꾸었다.

마리우스는 그녀가 어디 사는지 알고 싶어졌다. 어느 날 저녁 그는 그들 부녀의 집까지 뒤따라갔다. 그러면서 그는 행복했다. 그들이 정문에서 사라지자 그는 뒤따라가서 대담하게 수위에게 말했다.

"방금 들어가신 분, 2층에 사시는 분인가요?"

"아뇨, 4층에 사시는 분입니다."

'옳거니, 한 가지 더 알게 되었구나.' 마리우스는 더 대담해

져서 물었다.

"앞쪽으로 난 방인가요?"

"아, 물론이지요. 집이야 원래 길가 쪽을 향해 있기 마련 아닙니까?"

"그 양반 직업이 뭡니까?"

"금리를 받아 생활하시는 것 같아요. 아주 좋은 분이지요. 그렇게 큰 부자가 아닌 것 같은데도 불쌍한 사람들에게 적선을 많이 하십니다."

"그분 이름이 뭡니까?"라고 마리우스가 묻자 수위가 고개를 들어 마리우스를 유심히 바라보았다.

"혹시 경찰 끄나풀이신가요?"

마리우스는 겸연쩍어 하며 물러났다.

다음 날이다. 르블랑 씨 부녀는 뤽상부르 공원에 잠깐 모습을 보였을 뿐이다. 그들은 한낮에 그곳을 떠났다. 마리우스는 여느 때처럼 그들 뒤를 따랐다. 정문에 이르자 르블랑 씨는 딸을 먼저 들여보내고 돌아서서 마리우스를 말끔히 쳐다보았다.

다음 날 그들은 뤽상부르 공원에 오지 않았다. 마리우스가 하루 종일 기다렸지만 헛수고였다. 해가 저물어 그들이 사는 곳에 가보니 4층 창들에 불빛이 보였다. 그는 불이 꺼질 때까지 창가에서 서성이다 돌아왔다.

그렇게 일주일이 지나갔다. 르블랑 씨 부녀는 더 이상 뤽상부르 공원에 나타나지 않았다. 마리우스는 매일 밤 그들의 집 창가에 가서 보초를 섰다. 그의 저녁 식사는 엉망이 되어버렸다. 환자를 먹여 살리는 것이 몸에서 나는 신열이라면 사랑에 빠진 자의 양식은 사랑 그 자체다. 창가에 가끔 그림자가 지나가는 것을 보고도 그의 가슴이 울렁거렸다.

여드레째 되던 날이었다. 그가 저녁에 창 아래 가보니 불빛이 보이지 않았다. 새벽 1시가 되도록 4층 창에는 불빛 하나 보이지 않았다.

이튿날 그는 뤽상부르 공원에서 르블랑 부녀를 기다렸다. 그러나 그들은 오지 않았다. 해가 저물자 그는 그들 집으로 갔다. 역시 창에 불빛 하나 없었다. 덧창도 닫혀 있어 완전히 캄캄했다.

마리우스는 정문으로 가서 문을 두드렸다. 수위가 문을 열자 그가 말했다.

"4층에 사시는 분 어디 가셨나요?"

"이사 갔습니다."

마리우스의 몸이 비틀거렸다. 그는 기운없는 목소리로 또 물었다.

"대체 언제지요?"

"어제요."

"어디로 갔는지 모르나요?"

"저는 아무것도 몰라요."

"혹시 새 주소를 남겨놓지 않았나요?"

"아뇨."

대답하면서 수위는 고개를 들어 마리우스를 보고 그의 얼굴을 알아보았다. 그가 말했다.

"그래! 당신이구려. 당신 정말로 경찰이로군요!"

가난뱅이 악당

여름도 가고 가을에 이어 겨울이 왔다. 르블랑 씨도 처녀도 다시는 뤽상부르 공원에 나타나지 않았다. 마리우스는 그 사랑스런 얼굴을 한번 더 보았으면 하는 생각밖에 없었다. 그는 언제나, 어디고 그녀를 찾아 다녔다. 그는 더 이상 열광적인 몽상가가 아니었다. 그는 더 이상 긍지와 사상을 지니고, 의지에 충만한 젊은이도 아니었다. 그는 한 마리 헤매는 개일 뿐이었다. 그는 일에도 싫증이 나고 산책에도 지쳤으며 세상 전체가 삭막했다. 모든 것이 사라져버린 것 같았다.

그는 계속 고르보의 오막살이에 살고 있었다. 당시 고르보 오막살이에는 마리우스와 종드레트라고 하는 사람의 가족들만 살고 있을 뿐이었다. 그 가족은 부부와 딸 둘이었으며 마리우스가 한 번 그들의 집세를 치러준 적이 있었다. 다른 셋방살이들은 이사 갔거나 죽었거나 아니면 돈을 못 내서 쫓겨났다.

2월 초 어느 날, 날이 저물 무렵 마리우스는 저녁 먹으러 가려고 집에서 나왔다. 추운 날씨였고 안개가 끼어 있었다. 그가 생 자크 거리를 향해 가로수 길을 천천히 걸어가고 있을 때였다. 누군가 자기를 팔꿈치로 치는 것 같아서 그는 뒤돌아보았다. 누더기를 걸친 두 계집이 누군가를 피해 도망가고 있었다.

그중 한 명이 말했다.

"그놈들이야, 하마터면 잡힐 뻔했어."

계집애들은 가로수 길 나무 아래로 몸을 피하더니 얼마 동안 어둠 속에서 희끄무레하게 모습을 보이다가 사라져버렸다.

마리우스는 잠시 멈춰 섰다. 그러다 다시 길을 가려고 했을 때 땅바닥에 조그만 꾸러미 하나가 떨어져 있는 것이 그의 눈에 띄었다. 그는 몸을 구부려 그것을 주웠다. 봉투 같은 것이었고 그 속에 서류가 들어 있는 것 같았다. 아까 달아난 여자들이 떨어뜨린 게 분명해서 그녀들을 눈으로 찾았지만 온데

간데없었다.

저녁에 잠자리에 누으려고 옷을 벗다가 호주머니에 넣어둔 봉투에 마리우스의 손이 닿았다. 그는 열어보기로 했다. 그 안에서 주소를 발견하면 돌려줄 수 있으리라는 생각에서였다. 봉투는 봉해져 있지 않았고 그 안에 네 통의 편지가 들어 있었다. 네 통이 모두 몹시 고약한 담배 냄새를 풍기고 있었다.

그중 첫 번째 편지의 내용은 이러했다. 맞춤법이 여기저기 엉망이었다.

> 카세트 거리 9번지, 몽베르네 백작 부인님 전,
>
> 저는 여섯 어린애를 가진 불쌍한 어미온대. 망내는 이제 겨우 여덜 달 바께 안 됏나이다. 망내아들을 낳은 뒤 저는 여태껏 병에 걸려 이썻꼬 업친 데 덥친 격으로 다섯 달 전 남편에게 버림당하야 돈 한 푼 업시 헐 수 업는 신세가 되 버렷사옵니다.
>
> 백작 부인님께 일루의 희망을 품고 심심한 경의를 표합니다.
>
> 발리자르의 아내 드림

마리우스는 다음 편지를 읽어보았다. 생 자크 오 파 성당의 인자하신 양반 앞으로 보낸다고 씌어 있었으며 역시 애원하는 내용이었다.

인자하신 어르신께,

만약에 어르신께서 제 딸년을 따라 왕님하야 주신다면 기마킨 참상을 목도하실 거시며, 소생의 신원증명서도 보여 드리겟나이다.

자애로우신 어르신께서는 반다시 츠근지심을 느끼실 거십니다. 동정심 많은 어르시니여. 저히들은 세상에서 찾아보기 어려운 궁핍에 허더기고 잇나이다. 굴머서 주글 자유도 엄는 거 갓습니다.

부디 왕님하야 주시거나, 그럴 수 업따면 기부금을 히사해 주시기 바람니다. 소생의 극진한 경의를 바다주시길 바라며.

진실로 관대하신 어르신의
지극히 비천하고 공손한 하인
연극배우 P. 파방투 올림

그 외에도 두 통의 편지가 더 있었는데 보내는 사람도 받는 사람도 다 달랐지만 내용은 비슷했다. 그리고 무엇보다 네 통 모두 필적이 똑같았다. 하지만 그 어디에도 주소가 없었다. 마리우스는 편지를 다시 봉투에 넣고 방구석에 던지고는 잠자리에 들었다.

다음 날 아침, 마리우스는 7시경에 자리에서 일어나 아침 식사를 한 후 막 일을 하려던 참이었다. 그때였다. 누군가가 문을 두드렸다. 마리우스는 가진 것이 없었으므로 늘 문을 잠그지 않았다. 그가 들어오라고 말하자 "저, 죄송합니다" 하는 목소리와 함께 웬 처녀가 나타났다.

창백한 얼굴에 뼈만 앙상하게 빼빼 마른 여자였다. 떨고 있는 싸늘한 몸뚱이 위에 걸친 거라고는 한 장의 셔츠와 치마뿐이었으며 허리띠 대신 노끈을 매고 있었다. 분명 열댓 살의 젊은 여자였지만 핏기 없는 얼굴에 이미 타락할 대로 타락한 노파의 눈을 하고 있었다. 아주 연약하면서 동시에 무시무시한 몰골이라고 하는 것이 정확했다.

마리우스는 그녀가 왠지 낯이 익다 싶었다. 어디선가 본 것 같았다.

그가 물었다.

"무슨 일이지요, 아가씨?"

그러자 처녀가 술 취한 죄수, 또는 목이 쉰 노인의 목소리로 말했다.

"마리우스 씨한테 편지를 가져왔어요."

그녀 입에서 마리우스라는 이름이 나오자 그는 깜짝 놀랐다. 어떻게 내 이름을 아는 걸까? 이 처녀는 대체 누구일까?

안으로 들어오라는 말을 하지도 않았는데 그녀는 거침없이 방안으로 들어와 이리저리 둘러보았다. 맨발이었고 숭숭 뚫린 치마 구멍으로 빼빼 마른 정강이뼈와 무릎이 드러나 있었다. 그녀는 손에 편지 한 통을 쥐고 있다가 마리우스에게 건네주었다. 그는 받아서 읽었다.

친절하신 내 이웃 청년이여.

나는 6개월 전에 당신이 내 방세를 친절하게 지불해주신 것을 들어서 알고 잇습니다. 당신의 행복을 축언합니다. 청년이여, 우리 네 식구는 이틀 전부터 한 덩어리 빵도 업고 여편네는 병중에 잇습니다. 당신은 너그러우시니 우리 사정을 아신다면 사소한 은혜를 아낌없이 베푸러 주시리라 믿습니다.

인류의 은인들에게 지극한 경으를 표하며,

종드레트

추신: 내 여식은 당신의 분부를 기다릴 겁니다. 친해하는 마리우스 씨.

그 편지를 읽자 모든 것이 훤하게 밝혀졌다. 어제 읽은 네 통의 편지와 필적도 같고 문체도 같고 종이도 같았으며 담배 냄새도 똑같았다.

다섯 통의 편지, 다섯 가지 다른 이야기, 다섯 사람의 이름과 서명이 있었지만 쓴 사람은 한 명이었다. 결국 종드레트가 각기 다른 이름으로 편지를 쓴 것이었다. 종드레트라는 이웃은 돈 많고 동정심 많아 보이는 사람들의 주소를 손에 넣은 다음, 가명으로 편지를 써서 딸들에게 그 편지를 전하게 했던 것이다.

그가 편지를 읽는 사이 처녀는 거리낌 없이 마치 유령처럼 방 안을 왔다갔다 하고 있었다. 그녀는 탁자에 놓여 있는 책들을 보고는 자기도 읽을 줄 안다며 꽤 유창하게 읽었다. 잠시 후 그녀는 읽던 책을 내려놓더니 마리우스에게 말했다. 정말 듣기에 거북할 정도로 쉰 목소리였다.

"난 글도 쓸 줄 알아요. 한번 써볼까요?"

그녀는 깃털 펜에 잉크를 적시더니 마리우스가 대답할 겨를도 없이 탁자 한가운데 있는 흰 종이에 이렇게 썼다.

개들이 저기에 있다

그녀는 펜을 던지더니 마리우스에게 다가와 거침없이 그의 어깨에 한 손을 올려놓으며 말했다.

"당신은 정말 미남이에요. 당신은 날 눈여겨보지 않았지만 난 당신을 잘 알아요. 계단에서 당신을 자주 만났지요. 당신 더벅머리 참 잘 어울리네요."

마리우스는 뒤로 물러나며 쌀쌀맞고 근엄하게 말했다.

"아가씨, 저기 봉투가 하나 있는데 아마 당신 것일 거요. 도로 돌려주겠소."

그러면서 그는 네 통의 편지가 들어 있는 봉투를 그녀에게 건넸다.

그녀는 손뼉을 치며 외쳤다.

"어머, 얼마나 찾았는데!"

그러더니 그녀는 그중에서 생 자크 오 파 성당의 인자하신 양반에게 보내는 편지를 꺼냈다.

"이건 미사에 가는 노인 양반에게 전할 편지에요. 마침 시간이 됐네요. 갖다주고 와야지. 아마 점심거리쯤은 주시겠지."

마리우스는 그녀가 나가기 전에 호주머니를 샅샅이 뒤져 5프랑 16수의 돈을 긁어모았다. 당시 그가 가지고 있는 전부였다. 그는 저녁 먹을 비용으로 16수만 챙기고 나머지를 모두 그녀에게 주었다.

마리우스도 궁핍한 생활을 하고 있었지만 그들과는 달랐다. 그가 방금 그 내막을 알게 된 종드레트 가족의 삶은 마치 먼 지구 밖에서의 삶 같았다. 마리우스는 공상에만 몰두해서 여태까지 이웃의 삶을 거들떠보지 않은 것을 자책했다. 이 버림받은 인간들하고 벽 하나 마주하고 살면서, 그들의 죽어가는 소리를 매일 들으면서 전혀 주의를 기울이지 않다니!

그는 새삼 종드레트 가족의 방과 자기 방 사이의 벽을 주시했다. 그의 눈은 연민에 차 있었다. 그러자 이야기소리와 목소리가 또렷이 들려왔다. 이제껏 거기서 들리는 소리를 하나도 듣지 못했다니 마리우스는 지독한 몽상가였음이 틀림없었다.

그때였다. 위쪽 천장 가까이에 구멍이 하나 뚫려 있는 것이 그의 눈에 들어왔다. 서랍장에 올라간다면 그 구멍으로 종드레트 가족의 다락방을 들여다볼 수 있을 것 같았다. '불행한 사람들을 구하기 위해서는 그들을 잘 알아야 한다! 엿보는 것이 죄가 될 리 없다!'

이렇게 생각한 그는 서랍장 위로 기어 올라가 눈을 그 틈새에 대고 들여다보았다.

다락방은 넓었고 한가운데 탁자가 있었으며 그 탁자에 예순쯤 되 보이는 사내가 앉아 있었다. 키가 작고 수척했으며 험상궂었다. 한눈에도 교활하고 잔인하고 불안해 보였다. 글을 쓰고 있었는데 십중팔구 마리우스가 읽었던 편지 같은 것이었으리라.

그리고 벽난로 옆에 뚱뚱한 여자가 셔츠와 속치마 차림으로 앉아 있었는데 마흔 살가량으로도 보이고 백 살이 넘어 보이기도 했다. 남편에 비해 거인 같은 여자였다. 그리고 초라한 침대 위에 얼굴이 파리한 소녀 한 명이 거의 벌거숭이인 채 발을 아래로 늘어뜨리고 앉아 있었다. 열한두 살쯤 되어 보였다. 하지만 자세히 보니 열다섯쯤 돼 보이는 것 같기도 했다.

그때였다. 다락방 문이 갑자기 열리더니 큰딸이 입구에 나타났다. 그녀는 의기양양한 표정으로 외쳤다.

"그분이 와요!"

아버지가 눈을 돌리며 물었다.

"누가?"

"그 양반이요."

"그 생 자크 성당의 자선가 말이냐?"

"네."

사내는 벌떡 일어섰다. 그의 얼굴이 환히 빛났다.

"마누라, 들었지? 자선가가 와. 난롯불을 꺼."

그러더니 큰딸에게 말했다.

"넌 빨리 의자에서 짚을 빼내."

이어서 창 옆 침대에 앉아 있는 작은딸에게 벼락같은 목소리로 명령했다.

"이 게으름뱅이야! 어서 침대에서 내려와! 넌 아무것도 안 하고 있을 거냐? 어서 유리창을 하나 깨!"

그는 아내에게는 꼼짝 말고 침대에 누워 있으라고 했다. 그는 마치 큰 전쟁을 앞둔 장군 같았고 모두 그의 명령에 복종했다. 어린 딸은 유리창을 깨다가 손에 상처를 입고 피를 흘렸다. 차가운 북풍이 유리창을 통해 방 안으로 들어왔다.

아버지는 주위를 한번 둘러보았다. 잊어버린 것이나 없는지 확인하는 것 같았다. 그는 준비가 다 된 듯 벽난로에 몸을 기대고 말했다.

"이제 자선가 양반을 맞이할 준비가 된 것 같군."

그 순간 가볍게 문 두드리는 소리가 들렸다. 사내는 후다닥 문으로 뛰어가더니 문을 연 다음 공손히 절을 하면서 외쳤다.

"들어오십시오, 선생님! 어서 들어오십시오. 존경해 마지않는 은인 어르신."

잠시 후 나이 지긋한 노인 한 명과 젊은 처녀가 그 다락방 문 앞에 모습을 드러냈다.

그때까지 마리우스는 그 모든 광경을 지켜보고 있었다. 그런데 오오, 그들이 문 앞에 나타난 순간 마리우스가 느낀 것을 어찌 말로 표현할 수 있으리오!

'바로 그녀'였다. 사랑을 해본 사람이라면 '바로 그녀'라는 글자 속에 얼마나 빛나는 뜻이 들어 있는지 알 수 있으리라.

그렇다, '바로 그녀' 그동안 그에게 자취를 감추었던 그 정다운 사람이었다. 여섯 달 동안 그에게 빛났던 그 별이었다. 어둠이 되어 꺼져버렸던 그 아름다운 얼굴이 르블랑 씨와 다시 나타난 것이다. 그것도 이 추악한 다락방에!

마리우스는 얼빠진 듯 떨고 있었다. 그녀는 조금 창백해진 것 같았지만 여전히 아름다웠다. 그녀는 방 안으로 몇 걸음 들어오더니 꽤 큼직한 보퉁이 하나를 탁자 위에 내려놓았다. 종드레트의 큰딸은 문 뒤로 물러나서 그녀가 쓴 비로도 모자와 비단 망토, 그리고 그 행복한 얼굴을 쓸쓸한 눈으로 바라보고 있었다.

르블랑 씨는 슬프면서도 친절한 눈길로 종드레트에게 이렇게 말했다.

"이 보퉁이 속에 새 옷과 스타킹, 담요가 들어 있습니다."

"천사 같은 은인 어르신, 참으로 감사하옵니다." 종드레트는 머리가 땅에 닿도록 절을 하면서 말했다. 손님들이 이 처량한 방안을 둘러보는 동안 그는 큰딸 귓전에 몸을 구부리고 나지막한 목소리로 재빨리 말했다.

"헹, 봤냐? 내가 뭐랬어. 누더기뿐 돈은 없잖아. 암튼 다 똑같다니까!"

말을 하면서 종드레트는 그 자선가를 이상한 눈으로 주시했다. 말을 하면서도 기억을 되살려내려 애쓰는 듯 그를 유심히 살폈다. 그는 방문객들이 손을 다친 딸을 위로하는 틈을 타 침상에 누워 있는 아내에게 가 낮은 목소리로 급히 말했다.

"저 사람을 잘 살펴보라고!"

그런 후 르블랑 씨에게 돌아서서 한탄을 했다.

"어르신, 내일이 무슨 날인지 아십니까? 2월 4일 운명의 날입니다. 집 주인이 말미를 준 마지막 날입니다. 그에게 60프랑의 돈을 치르지 않으면 제 큰딸과 저, 열병을 앓고 있는 마누라, 상처 입은 제 아이는 밖으로 쫓겨날 판이지요. 비가 오고 눈이 와도 집도 절도 없는 신세가 됩니다. 저는 1년 분 방세를 못 내고 있습니다."

종드레트가 거짓말을 하고 있다는 것을 마리우스는 금방 알 수 있었다. 1년 방세는 40프랑밖에 안 될 뿐 아니라 그 절반인 반년치를 마리우스가 이미 치렀으므로 1년치 방세가 밀려 있을 리가 없었다.

그러자 르블랑 씨가 말했다.

"파방투 씨라고 했지요? 파방투 씨, 내가 지금 수중에 가진 게 5프랑밖에 없소. 오늘 저녁에 다시 와서 60프랑을 드리리다."

종드레트의 얼굴이 다시 한 번 이상하게 빛났다. 그는 얼른 대답했다.

"예, 존경하는 어르신, 저는 8시까지 집주인에게 가야만 합니다."

"그렇다면 내가 6시까지 오겠소."

"아이고 은인 어르신!" 하고 종드레트는 소리쳤다. 그리고 아주 낮은 목소리로 아내에게 다시 말했다.

"저 사람 잘 보고 있는 거지!"

르블랑 씨와 그의 딸이 밖으로 나가려는데 의자 위에 놓인 외투가 종드레트의 큰딸 눈에 띄었다. 그녀가 르블랑 씨에게 말했다.

"어르신 외투를 잊고 가시네요."

그러자 르브랑 씨가 돌아서서 빙그레 웃으며 대답했다.

"잊어버리고 가는 게 아니라 두고 가는 거요. 날이 몹시 차니 외투를 입도록 하시오."

마리우스는 그 모든 광경을 하나도 빼놓지 않고 다 보았지만 실은 아무것도 본 게 없었다. 그의 두 눈은 처녀에게 붙박혀 있었던 것이다. 그는 이런 끔찍한 빈민굴에서 저런 더러운 인간들에게 둘러싸여 있는 그 모습이 진짜로 그 신성한 여자라는 것을 상상하기 힘들었다. 마치 두꺼비들 사이에서 한 마리 벌새를 보는 것 같았다. 두꺼비들이 그 벌새를 날름 집어삼킬 것만 같았다.

그녀가 밖으로 나갔을 때 그에게는 오직 한 가지 생각밖에 없었다.

'그녀의 뒤를 밟아 그녀가 어디 사는지 알아내자!'

그는 황급히 계단을 내려가 밖으로 나갔다. 하지만 그들이 타고 온 삯 마차는 이미 떠나고 없었다. 그는 다시 오막살이 자기 방으로 돌아올 수밖에 없었다.

그는 방으로 들어가 문을 닫으려 했다. 문이 닫히지 않았다. 돌아다보니 방긋이 열린 문을 잡고 있는 손이 하나 보였다.

"누구야?"라고 그는 물었다. 종드레트의 큰딸이었다.

"당신이오? 도대체 무슨 일이오?"

"당신 슬픈 것 같아요."

"당신과는 상관없는 일이요. 제발 날 괴롭히지 말아요."

"당신은 부자도 아니면서 오늘 아침 제게 친절을 베풀어주었어요. 지금도 그렇게 대해주세요. 당신, 무슨 일이 있어요? 너무 슬퍼 보여요. 내가 도움이 될 수 없을까요? 나도 남을 도울 수 있어요. 이렇게 아버지를 돕고 있잖아요. 편지를 전한다거나, 남의 집에 간다거나. 나를 써먹어줘요."

순간 한 가지 생각이 마리우스의 머리를 스쳤다.

"그래, 내 부탁을 들어줄 수 있단 말이지?"

"아, 반말을 해주시네. 전 그게 더 좋아요."

"그래, 네가 아까 그 노인과 딸을 여기 데리고 왔지? 그분 주소를 알지?"

"아뇨, 몰라요."

"그럼 그분 주소를 좀 알아내줘."

"원하시는 게 그거예요? 그러니까 실제로는 그 아름다운 아가씨 주소를 알고 싶으시다 이거지요?"

"어쨌든 상관없어! 할 수 있겠어?"

"내겐 뭘 해주실 건데요."

"뭐든 네가 원하는 대로."

"제가 원하는 대로라고요?"

"그래."

"그럼 주소를 알아내드리죠."

그녀는 고개를 숙이더니 거칠게 문을 닫고 나갔다.

그녀가 나간 후 마리우스는 의자에 털썩 주저앉아 걷잡을 수 없는 생각에 빠졌다. 아침부터 일어난 모든 일들이 그의 머릿속을 가득 채웠다. 그때 갑자기 거친 목소리가 들려와 그를 몽상에서 벗어나게 했다.

"확실하다니까! 분명히 알아봤다니까!" 종드레트의 목소리였다.

마리우스는 생각했다.

'도대체 누굴 이야기하는 걸까? 르블랑 씨가 누구인지 안다는 걸까? 그렇다면 그녀가 누구인지도 안다는 것 아닌가?'

그는 서랍장으로 뛰어올라가 구멍 앞에 다시 자리를 잡았다. 그는 종드레트의 빈민굴 내부를 다시 살펴보았다.

종드레트의 아내와 딸들이 보퉁이를 풀어헤쳐 스타킹과 털 캐미솔을 입고 있는 것 외에는 변한 것이 없었다. 밖에서 방금 돌아왔는지 종드레트는 숨이 가빴다. 마리우스가 구멍에 눈을 댔을 때 아내가 그에게 되묻고 있었다.

"정말이에요? 분명해요?"

"확실해. 8년이 지났지만 단번에 알아봤지. 그 키에 그 얼굴에, 별로 늙지도 않았어. 목소리도 변치 않았어. 정말 여전히 정체를 알 수 없는 늙은이야."

종드레트는 딸들을 밖으로 내보내면서 5시 정각에 들어오라고 했다. 딸들이 시키는 대로 밖으로 나가자 그가 다시 아내에게 말했다.

"그 아가씨 말야……."

"그래요, 그 아가씨?"

마리우스는 정신이 번쩍 들었다. 틀림없이 그녀 이야기였다.

"그 계집애야!"

"그년!"

아내는 경악과 증오, 분노가 뒤섞인 목소리로 말했다. 그러자 종드레트가 말했다.

“그래 바로 그년이야! 하지만 지금은 그게 문제가 아냐. 나도 한몫 잡아야지. 잘 들어. 이제 걸려든 거야. 그 갑부 말이야. 모든 준비가 다 됐어. 내가 함께 할 놈들을 벌써 만나고 왔어. 이 집안에는 아무도 없을 거야. 주인 할멈도 시내에 접시 씻으러 갈 시간이고 옆 방 놈은 11시 전에는 안 돌아와. 딸년들이 망을 보면 돼. 당신도 우리를 거들어줘.”

“만일 그 늙은이가 말을 안 들으면요?”

“그러면 해치워야지.”

말을 하면서 그는 음흉하게 웃었다.

그가 다시 말을 이었다.

“난 좀 나갔다 올게. 아직 만나볼 친구들이 더 있거든. 아주 확실한 놈들이야. 아주 근사한 일이 벌어질 거니까 집 잘 지키고 있으라고. 아 참, 내가 나가면 화로에 불을 지펴놔.”

마리우스는 몽상가 기질이 있긴 했지만 정의감에 불타는 청년이었다. 르블랑 씨가 누구인지 ‘그녀’가 누구인지 정작 그가 궁금해 하는 것은 하나도 밝혀지지 않았다. 그 대신 한 가지는 확실했다. 은밀하고 끔찍스러운 음모가 진행되고 있다는 사실이었다. 아버지는 물론이고 그 딸까지 위험에 처해 있다는 것, 어떻게 해서라도 그 음모를 막아내야 한다는 사실이었다.

시계가 1시를 울렸다. 이제 다섯 시간 남았다. 방법은 하나 뿐이었다. 그는 옷을 챙겨 입고 곧장 경찰서로 갔다.

경찰서에 이르자 그는 경찰서장을 찾았다. 사환 아이가 서장은 부재중이며 사복형사 한 명이 서장 대신 일을 보고 있다고 말한 후 그를 서장실로 안내했다. 안으로 들어가니 네모진 얼굴에 야무진 입을 가진 반백의 사내가 날카로운 눈초리를 한 채 서 있었다. 종드레트 못지않게 사납고 무서워 보였다.

그가 마리우스에게 물었다.

"무슨 일이오?"

"서장님 계십니까?"

"내가 대신하고 있소."

이 사나이는 퉁명스러우면서도 침착한 것이 사람을 두렵게 하면서도 동시에 안심시켰다. 마리우스는 그에게 사건에 대해 이야기해주었다. 그러자 그가 혼잣말을 했다.

"악당 놈들이 함께 공모하고 있는 것 같군. 다 잡아들이려던 놈들이 틀림없어. 50-52번지라. 고르보 오막살이로군. 좋아, 이번에 다 잡아들여야지."

그런 후 그는 마리우스에게 두 자루의 작은 권총을 건네주면서 말했다.

"당신 겁 안 나겠지? 자, 이걸 가지고 가서 당신 방에 숨어 있어요. 그놈에게는 당신이 외출한 걸로 믿게 하고. 처음에는 그놈들이 하는 짓을 보고 있다가 그만 중단시켜야 되겠다고 생각되면 총을 한 방 쏴요. 너무 빨리 쏴서도 안 되오. 현장을 덮쳐야 하니까. 그 밖의 일은 내가 다 알아서 할 테니."

마리우스는 두 자루의 권총을 받아 바지 주머니에 넣었다. 마리우스가 밖으로 나가려 하자 형사가 그에게 소리를 질렀다.

"6시 전에라도 내가 필요하면 이리로 오든지 사람을 보내요. 자베르 형사를 찾으면 될 거요."

마리우스는 빠른 걸음걸이로 50-52번지로 돌아왔다. 문은 열려 있었다. 그는 살금살금 계단을 올라가 그의 방으로 살그머니 들어갔다.

마리우스는 침대에 걸터앉았다. 초조한 가운데 시간이 흘렀다. 5시 반은 됐으리라. 일이 벌어지기까지 반 시간밖에 남지 않았다. 마리우스에게는 자신의 맥박 소리가 또렷이 들렸다. 무섭지는 않았지만 긴장과 전율은 어쩔 수 없었다.

이윽고 종드레트가 돌아왔다. 그는 아내와 딸들을 보며 말했다.

"뭣들 좀 먹었나? 내일은 다들 나하고 외식을 한다. 샤를 10세 가족들처럼 맛있는 걸 먹을 거야. 모든 게 잘 돌아가고 있거든. 쥐덫은 열려 있겠다, 고양이들도 다 대기하고 있겠다, 만사형통이야."

그는 목소리를 낮추어 아내에게 말했다.

"저걸 불 위에 놓도록 해."

그러자 마리우스의 귀에 부지깽이 같은 것이 부딪히는 소리가 들렸다. 그러더니 그가 딸들에게 말했다.

"너희는 단단히 주의해서 망을 봐라. 하나는 성문 쪽이고 또 하나는 프티 방키에 거리 쪽이다. 수상한 놈들이 나타나면 잽싸게 와서 알려라. 참, 옆방 놈은 집에 없겠지?"

그러자 큰딸이 대답했다.

"네, 열쇠가 문에 꽂혀있으니 나간 거예요."

"가서 보고 와라."

큰딸은 촛불을 들고 마리우스의 방으로 들어오더니 거울로 갔다. 마리우스는 몸을 숨기고 숨을 죽였다. 그녀는 거울을 들여다보며 갖가지 얼굴 모양을 지어 보이더니 콧노래를 흥얼거리며 나갔다.

갑자기 멀리서 음울한 종소리가 유리창을 흔들었다. 생 메다르 성당에서 6시를 치고 있었다. 종드레트는 머리를 까딱이며 종소리를 세었다. 여섯 번째 종소리가 울리자 그는 손가락으로 양초의 심지를 끊었다. 그런 뒤 방안을 서성이며 복도에 귀를 기울였다. '그래, 어서 와라. 오기만 하면!'이라고 그는 중얼거렸다.

그가 의자에 앉자 문이 열렸다. 복도에 서 있던 그의 아내가 문을 연 것이다.

"들어가십시오, 어르신." 그녀가 말했다.

"어서 오십시오, 은인 어르신." 종드레트가 의자에서 후다닥 일어서며 말했다.

르블랑 씨가 나타났다. 그는 탁자에 네 닢의 루이 금화를 내놓았다. 80프랑이었다.

"파방투 씨, 이걸로 우선 방세와 급한 일에 쓰시오. 그다음 일은 두고 봅시다."

그런 후 그는 종드레트의 권유에 따라 의자에 앉았고 종드레트는 맞은편 의자에 앉았다.

그때였다. 방 안쪽에 이제껏 보이지 않던 사람이 하나 있는 것이 마리우스의 눈에 띄었다. 아무에게도 소리가 들리지 않도록 조용히 들어왔던 것이다. 다 해진 조끼를 걸쳤을 뿐 셔츠도 입지 않아 문신을 한 두 팔이 그대로 드러나 있었으며 얼굴을 새카맣게 칠하고 있었다. 그는 팔짱을 끼고 종드레트의 아내 뒤에 서 있었기에 어렴풋이 알아볼 수 있을 뿐이었다.

르블랑 씨는 거의 본능적으로 뒤를 돌아다보았다. 그는 놀란 눈으로 종드레트에게 물었다.

"저 사람은 누구요?"

"저 친구요? 이웃 사람입니다."

이어서 가벼운 문소리가 나더니 두 번째 남자가 들어와서 종드레트 아내 뒤 침대에 앉았다. 그 역시 맨 팔을 드러내고 있었으며 잉크인지 숱인지를 얼굴에 칠하고 있었다. 이윽고 두 명이 더 같은 식으로 방에 들어왔다. 종드레트 외에도 얼굴을 시커멓게 칠한 네 사나이가 방에 있는 셈이었다.

"친구들입니다. 난로공들이라 석탄을 뒤집어써서 저렇게 까만 거니 신경 쓰지 마십시오."

르블랑 씨는 일어서서 벽에 몸을 기대고 얼른 방 안을 둘러보았다. 왼편으로 창 쪽에는 종드레트가 있고 오른편으로 문 쪽에는 종드레트의 아내와 네 명의 사나이가 있었다. 네 사나이는 움직이지도 않았으며 르블랑 씨를 보고 있는 것 같지도 않았다. 종드레트가 하도 멍한 눈을 하고 있었고 애처로운 말투로 횡설수설 하고 있었기에 르블랑 씨는 자기 눈앞에 있는 사람이 가난 때문에 정신이 돈 사람이라고 생각했는지도 모른다.

이런저런 말을 주워 담으면서도 종드레트는 자기를 지켜보는 르블랑 씨를 보고 있지 않았다. 그는 문을 주시하고 있었다. 마리우스는 숨가빠하며 눈길을 번갈아 두 사람에게 돌렸다.

그때였다. 종드레트의 눈이 타오르는 불길처럼 이글거리기 시작했다. 그는 불쑥 일어서더니 위협적인 태도로 르블랑 씨를 향해 한 걸음 내딛으며 우레와 같은 목소리로 외쳤다.

"당신 나를 알아보겠는가!"

그의 외침이 끝나기가 무섭게 다락방의 문이 갑자기 열리더니 푸른 작업복에 검은 종이 탈을 쓴 사나이가 세 명 나타났다. 첫 번째 사나이는 곤봉을 들고 있었고 두 번째 사나이는 소 잡는 도끼를, 세 번째 사나이는 열쇠 뭉치를 주먹 가득 쥐고 있었다.

르블랑 씨의 얼굴이 창백해졌다. 그는 자신이 어떤 상황에 처했는지 이해한 듯 주위를 천천히 둘러보았다. 그의 얼굴에 두려운 기색은 전혀 없었다. 그는 탁자 뒤로 물러나 방어 준비를 했다. 조금 전까지만 해도 인자한 노인으로밖에 보이지 않던 사람이 이제는 격투기 선수처럼 변했다. 그는 건장한 주먹을 의자 등에 올려놓고 위엄 있는 자세를 취했다.

이런 위험 앞에서도 저렇게 단호하고 용감하다니! 그토록 선량한 사람이면서 저렇게 자연스럽고 쉽게 용기 있는 사람으로 변하다니! 자기가 사랑하는 여인의 아버지는 마리우스에게 결코 남이 아니었다. 마리우스는 그 알 수 없는 사나이가 자랑스러웠다.

종드레트가 난로공들이라고 말했던 네 사나이들 중 세 명이 고철 더미를 뒤졌다. 종드레트가 이미 갖다놓은 것들이었다. 한 사나이는 그 안에서 커다란 가위를 꺼냈고, 또 한 명은 장도리를, 다른 한 명은 망치를 꺼내들고 말없이 문을 가로막고 섰다.

마리우스는 얼마 안 가서 자신이 끼어들 순간이 오리라고 생각했다. 그는 복도 쪽 천장을 향해 오른손을 들고 권총을 쏠 준비를 했다.

종드레트가 르블랑 씨에게 위협적인 웃음을 지으며 다시 나지막하게 말했다.

"그래 나를 못 알아보겠단 말이지?"

르블랑 씨가 그를 똑바로 바라보며 말했다.

"그렇소."

그러자 종드레트가 탁자 가까이 오더니 얼굴을 르블랑 씨를 향해 앞으로 내밀었다. 르블랑 씨는 꿈쩍도 않고 있었다.

"내 이름은 파방투도 아니고 종드레트도 아니고 테나르디에다! 몽페르메유의 여관주인! 알았어? 테나르디에라고! 이제 나를 알아보겠는가?"

순간 르블랑 씨의 이마가 알게 모르게 약간 붉어진 것 같았다. 하지만 전혀 떨리지 않는 평소의 침착한 목소리로 그가 대답했다.

“아직 모르겠는걸.”

르블랑 씨의 대답은 마리우스에게 들리지 않았다. 누군가 어둠 속에서 그를 보았다면 당황해서 얼이 빠진 그의 모습, 혼비백산해 있는 그의 모습을 보았으리라! 종드레트의 입에서 테나르디에라는 이름이 나오는 순간 마리우스는 마치 싸늘한 칼날에 심장이 꿰뚫린 것처럼 사지를 벌벌 떨며 벽에 몸을 기댔다. 신호를 하기 위해 총을 든 채 치켜들고 있던 오른손이 천천히 아래로 내려왔다. 종드레트는 자신의 정체를 밝힘으로써 르블랑 씨의 마음을 흔들지는 못했지만 마리우스의 마음은 뒤흔들어놓았던 것이다.

테나르디에라는 이름! 그 이름이 마리우스에게 어떤 이름이었던가! 아버지의 유언에 적혀 있던 그 이름! 그가 늘 가슴에 품고 다니던 그 이름! 그런데 저 사나이가 바로 테나르디에라니! 저 사나이가 허구한 날 찾아다니던 몽페르메유의 여관주인이라니! 아버지의 생명의 은인이 천하의 악당이라니! 마리우스가 그를 위해 몸 바칠 각오가 되어 있던 사람이 괴물이라니!

마리우스는 떨고 있었다. 모든 것이 그의 손에 달려 있었다. 그가 권총을 쏘면 르블랑 씨는 구출되고 테나르디에는 파멸한다. 그가 총을 쏘지 않으면 르블랑 씨가 희생된다. 아아, 어찌하면 좋단 말인가! 아버지의 마지막 뜻을 그토록 오랫동안 가슴속에 품어왔는데 그걸 저버린단 말인가? 아아, 이런 흉악한 범죄가 이루어지는 것을 그냥 내버려둘 것인가? 둘 다 후회 막심한 짓 아닌가? 어찌할 것인가? 그의 무릎에 힘이 빠졌다. 자신이 회오리바람에 휩쓸려가는 것 같았다. 그 자리에서 기절해버릴 것만 같았다.

그사이 테나르디에는 마치 정신착란에 빠진 듯, 또는 승리에 취한 듯 탁자 앞을 왔다갔다 했다. 그가 다시 소리쳤다.

"흥, 드디어 내가 당신을 찾아냈지. 자선가 양반! 꾀죄죄한 백만장자 양반! 나를 알아보지 못하겠다고? 8년 전인 1823년 크리스마스 날 저녁에 몽페르메유의 내 여관에 온 게 당신이 아니었나? 우리 집에서 팡틴의 딸 '종달새'를 데려간 게 당신이 아니었나? 이 늙은 거지, 어린애 도둑놈아! 옛날에 당신은 나를 우롱했어. 당신은 내 모든 불행의 원인이야. 겨우 1,500프랑으로 내가 갖고 있던 계집애를 데려가? 그 계집애

어미는 부자였거든. 내게 평생 먹고살 걸 줄 수 있었는데."

테나르디에는 잠시 말을 멈추더니 계속 말했다.

"그런데 이제 와서 나를 구두 수선공처럼 대해? 내가 누군지 알아? 내가 이름도 없는 사람인 줄 알아? 함부로 내가 데리고 있는 아이를 유괴해가도 되는 사람인 줄 알아? 나는 훈장을 타야 할 사람이야! 나는 이름도 모르는 장군을 워털루에서 구해준 사람이야. 그런데 고맙다는 말밖엔 못 들었지. 제길, 이름이라도 확실히 알아두는 건데……. 뭐라고 했지만 잊어버렸단 말이야.

이제 내가 누군지 알겠지? 이제 친절하게 다 이야기해준 셈이야. 자, 본론으로 들어가지. 내게 필요한 건 돈이야. 큰돈이 필요해. 안 내놓으면 죽은 목숨인 줄 알라고!"

겨우 마음을 약간 진정한 마리우스는 그의 말을 똑똑히 다 들었다. 이제는 의심의 여지가 없었다. 아버지 「유서」의 테나르디에가 확실했다. 그는 은인이었고 동시에 세상에 둘도 없는 악당이었다.

조금 전부터 르블랑 씨는 테나르디에의 일거수일투족을 지켜보며 동정을 살피는 것 같았다. 테나르디에는 스스로 격분해서 이성을 잃은데다 조금 방심하고 있는 것 같았다. 무장한 아홉 명이 아무것도 지니지 않은 한 명을 상대하고 있으니 걱정될 게 없었다. 그는 무심코 르블랑 씨에게 등돌리고 있었다.

그 순간이었다. 르블랑 씨는 발로 의자를 걷어차더니 주먹으로 탁자를 밀어냈다. 그러더니 귀신처럼 날쌔게 뛰어 올라 단번에 창 옆으로 갔다. 그는 삽시간에 창을 열고 몸을 내밀었다. 창의 문지방을 기어올라 창을 뛰어넘는 일은 그에게는 식은 죽 먹기였다. 하지만 상대가 너무 많았다. 그가 절반 정도 창밖으로 몸을 내미는 순간 여섯 개의 억센 주먹들이 그를 잡아 빈민굴 안으로 다시 끌고 갔다. 난로공들이었다. 동시에 테나르디에의 아내가 그의 머리칼을 움켜쥐었다. 그 여자는 능히 한 남자 이상의 몫을 하는 여자였다.

난로공들은 창에서 가까운 침대 다리에 르블랑 씨를 꽁꽁 묶었다. 그러자 테나르디에가 그에게 말했다.

"우리 침착하게 처리합시다. 화를 내서 미안해. 내가 요구하는 건 간단해. 내게 20만 프랑만 내놓으면 돼. 물론 지금 갖고 있지는 않겠지. 그러니 부탁할게. 내가 말하는 대로 받아 적기만 하면 돼."

테나르디에는 르블랑 씨의 오른 팔 결박을 풀어주었다. 그리고 그에게 종이와 펜을 주며 받아 적으라고 했다.

"자, 이렇게만 쓰면 돼. '사랑하는 나의 딸아, 당장 오너라.'"

무슨 생각에서였는지 르블랑 씨는 순순히 시키는 대로 따랐다.

"이 편지를 어디로 보내야 하는지는 잘 알겠지? 자, 이제 주소를 적어."

르블랑 씨는 이번에도 순순히 '생 도미니크 당페르 거리 17번지, 위르뱅 파브르 씨 댁, 파브르 양'이라고 주소를 받아 적었다.

테나르디에는 자기 아내에게 도끼를 든 사나이와 함께 그곳에 갔다 오라고 했다.

한 시간 정도가 흘렀다. 마리우스는 자신이 어떻게 해야 할지 갈피를 못 잡고 있었다. 얼마 후 얼굴이 시뻘겋게 된 테나르디에의 아내가 방으로 들어섰다.

"가짜 주소야. 아무도 없어."

테나르디에가 노기 띤 음성으로 포로에게 말했다.

"거짓 주소? 도대체 뭘 어쩌자는 거지?" 그 순간이었다. 포로가 우렁찬 목소리로 부르짖었다.

"시간을 벌자는 거다."

그러더니 그는 포승을 풀고 자리에서 벌떡 일어났다. 한쪽 다리만 여전히 침대에 묶여 있었다. 사나이들이 정신을 차리고 덤벼들기도 전에 그는 벽난로 아래로 몸을 구부리더니 풍로 쪽으로 손을 뻗어 쇠꼬챙이를 집어 들었다. 끝이 새빨개진 쇠꼬챙이를 집어든 그를 다들 멍하니 바라보고만 있을 뿐이었다.

르블랑 씨는 커다란 1수짜리 동전을 갈아 만든 날카로운 쇠붙이로 포승을 자른 것이었다. 그것은 놀라운 탈옥 도구로 르블랑 씨는 그것을 늘 지니고 있었다.

포로는 그들을 향해 큰 소리로 외쳤다.

"이런 불쌍한 친구들! 내 목숨은 그렇게 아까울 게 없다네. 내게 억지로 무언가를 시키려고 이런 짓 해봤자 소용없어!"

말과 함께 그는 시뻘겋게 달구어진 쇠꼬챙이 끝을 자신의 맨살에 댔다. 지지직거리며 살이 타는 소리가 들렸고 냄새가 풍겼다. 마리우스는 두려움에 넋을 잃고 비틀거렸고 악당들도 모두 떨었다. 의연한 것은 당사자뿐이었다. 그는 거의 숭고할 정도로 태연한 얼굴에, 증오의 빛이라고는 거의 없는 아름다운 눈으로 테나르디에를 물끄러미 바라보고 있었다.

그가 다시 말했다.

“이 불쌍한 사람들아. 내가 당신들을 두려워하지 않듯이, 당신들도 나를 두려워할 필요 없어.”

그러더니 그는 꼬챙이를 밖으로 던져버리고 말했다.

“자, 이제 당신들 마음대로 하시오.”

그러자 그들이 일제히 그에게 달려들었다. 마리우스의 귀에 그들 말소리가 들렸다.

“이제 한 가지 방법밖에 없어.”

“죽이는 수밖에.”

“맞아.”

마리우스는 권총을 집어 들었다. 정말 어찌할 바를 몰랐다. 그의 마음속에서는 동시에 두 목소리가 울리고 있었다. 그중 하나는 아버지의 유언을 지키라고 말하고 있었고 다른 하나는 포로를 구하라고 외치고 있었다.

그는 어떻게 할까 생각하며 주위를 둘러보았다. 아무런 해결책을 찾지 못해 막연히 눈길을 돌린 것이다. 갑자기 그의 몸이 떨렸다. 그의 발아래 탁자 위에 한 장의 종이가 달빛을 받고 놓여 있었다. 바로 그날 아침 테나르디에의 큰딸 에포닌이 굵직한 글씨로 써놓은 것이었다.

개들이 저기에 있다.

순간 한 줄기 빛이 그의 뇌리를 스쳤다. 그는 무릎을 꿇고 팔을 뻗쳐 그 종잇조각을 집었다. 그리고 가만히 한 덩어리의 석회를 벽에서 떼어내어 종이에 싸더니 벽 틈으로 넣어 빈민굴 복판으로 던졌다.

그것을 본 테나르디에의 아내가 종잇조각을 집어 들더니 남편에게 건네주었다.

“뭐야? 그게 어디서 들어왔어?”

“어디서 들어왔겠어? 창으로 들어왔겠지.”

테나르디에는 재빠르게 쪽지를 펼쳤다.

“에포닌의 글씨야, 빌어먹을! 빨리 사다리를! 먹이는 쥐덫에 놓아두고 빨리 도망가자.”

불한당들이 포로를 놓아주었고 눈 깜짝할 사이에 창문에

사다리가 놓였다. 사다리가 놓이자 악당들이 서로 먼저 내려가려고 아우성을 쳤다. 악당 한 명이 말했다.

"누가 먼저 나갈 건지 제비를 뽑자."

그러자 테나르디에가 외쳤다.

"다들 미쳤구나. 지금 제비를 뽑자는 거야? 이름을 써서 모자에 넣자는 거야?"

그때였다. 문가에서 목소리가 들렸다.

"어디, 내 모자를 빌려줄까?"

모두들 돌아보았다. 자베르였다. 그는 모자를 손에 쥐고 빙그레 웃으며 그것을 내밀었다.

자베르는 해질 무렵 부하들을 매복시켜놓고 자신도 가로수 뒤에 몸을 숨기고 있었다. 그는 우선 망을 보고 있는 두 처녀 중 한 명을 체포했다. 에포닌은 어디론가 도망쳐서 잡을 수 없었다. 그는 참을성 있게 신호를 기다렸다. 그러나 그가 늘 뒤를 쫓던 악당들이 그곳으로 들어간 것을 확인한 이상 더 참을 필요가 없었다. 그리고 때맞춰 그곳에 들어간 것이다.

악당들을 모두 체포하여 포박한 후 자베르가 말했다.

"이놈들에게 묶여 있던 양반을 불러오도록 해."

경찰들이 주위를 둘러보았다. 하지만 르블랑 씨는 그곳에 없었다. 그는 소란을 틈타 창문을 통해 달아난 것이었다. 경찰 한 명이 창문으로 뛰어가보니 노끈으로 만든 사다리가 아직도 흔들리고 있었다.

자베르가 입속으로 중얼거렸다.

"제길! 그놈이 진짜로 중요한 놈이었는지도 모르는데."

레 미제라블 1

생각하는 힘: 진형준 교수의 세계문학컬렉션 27

펴낸날 **초판 1쇄 2018년 2월 1일**

지은이 **빅토르 위고**
옮긴이 **진형준**
펴낸이 **심만수**
펴낸곳 **(주)살림출판사**
출판등록 **1989년 11월 1일 제9-210호**

주소 **경기도 파주시 광인사길 30**
전화 **031-955-1350** 팩스 **031-624-1356**
홈페이지 **http://www.sallimbooks.com**
이메일 **book@sallimbooks.com**

ISBN 978-89-522-3823-8 04800
978-89-522-3842-9 04800 (세트)

※ 값은 뒤표지에 있습니다.
※ 잘못 만들어진 책은 구입하신 서점에서 바꾸어 드립니다.

이 도서의 국립중앙도서관 출판시도서목록(CIP)은 서지정보유통지원시스템 홈페이지(http://seoji.nl.go.kr)와 국가자료공동목록시스템(http://www.nl.go.kr/kolisnet)에서 이용하실 수 있습니다.(CIP제어번호: CIP2017035127)

책임편집·교정교열 **오석하 이해옥**